怪しくて妖しくて

阿刀田　高

集英社文庫

怪しくて妖しくて　目次

怪しくて妖しくて

黒髪奇談

男と女の仲はわからない。

ずいぶんと長い年月にわたって親しくつきあい、充分に相手を理解していると信じて結婚しても、

――えっ、そうなの――

思いがけない側面を発見することも多い。

かと思えば、たまたま知りあった相手と気脈を通じ、

――ま、いいか――

半信半疑のまま深入りした関係がどんどんよくなり、しっくりした仲となったりする。

それぞれの胸中に秘められている秘密やこだわりは簡単には計れない。立ち入って聞き明かすのがむつかしい情況も多い。本人さえ知らないサムシングが意識下に潜んでいたりする。世間に数多く散っている男女の営みはそれぞれみんな異なっているのだ。だから時折、思いがけない出来事に遭遇したりする。

洋子との出会いは……どう説明したらよいのだろうか、ずいぶんと軽いものだった。月並み、と言えば月並み。ただ、

――この先、もっと深くなるのかな――

微妙な気配が初めからないでもなかった。

松本で業界のセミナーが催された帰り道、私は午後のあずさ号に乗った。隣の席は空いていたが、甲府に停まると、ベージュ色にグリーンのリボン、すてきな帽子を被った女が通路に立って、

「すみません」

とチケットを示す。隣の席の客らしい。

「は、どうぞ」

立って窓側の席へ通した。

三十代……。ほどよい器量。化粧も整っている。草食動物みたいな穏やかな表情。きっとおとなしい性格の女だろう。

――女の一人旅はつらいな――

と思ったのは、このあずさ号はほとんどが指定席のはずである。指定された席の隣にへんな男が坐っていたら、どうするのだろうか。

──私は大丈夫──

四十代の、まあ、ジェントルマン。失礼はありえない。しかも独身。

──独身は関係ないか──

だが、ふとそんなことを考えたのは事実であり、不思議なものが初めから漂っていたのかもしれない。

もちろんしばらくは二人とも黙って坐っていた。女は私の座席の前の網ポケットにさし込まれた週刊誌と、そこからはみ出しているチラシを見るともなしに見ていたのかもしれない。

車内販売がワゴンを押して来て、

「水、一本」

と私が言うと、女も、

「私もいただこうかしら」

あいにくミネラル・ウォーターは一本しかなかった。

「じゃあ、どうぞ」

と私が譲ると、女も、

「いえ、どうぞ」

「私はジュースでいいから」

「よろしいんですか」

　これが最初の会話となった。

「新宿まで、いらっしゃるの？」

「はい」

「この列車は途中、滅多に停まらないからなあ」

「ええ……」

　とりとめのない会話をポツリ、ポツリと呟いていたが、突然、列車が止まり、車内アナウンスが、

「この先、立川・国立間で人身事故があり、列車の運行に大幅な遅れが出る模様です。まことに申しわけありません」

　と流れ、何度もくり返した。

　途中にいくつもの上り列車が運行していて、進行がままならない。次第にわかったことだが、人身事故は一カ所ではなく三鷹付近でもあったらしく、ひどい遅延となった。

　仕方なく……それがこんなときのマニュアルなのかどうか、少し進んでは適当な駅に停車してドアを開ける。乗客によってはバスを利用するとかタクシーに乗るとか、便宜を講ずるケースもあるだろう。

　高尾に停車したとき、

「乗り換えませんか」

と隣の女を誘うと、

「えっ？」

「この事故はひどい。京王線に乗り換えませんか。新宿へいらっしゃるのなら」

私はそのつもりだった。

「はい」

促されて女もボストンバッグを持って立つ。こんなときは機敏さが大切だ。長い通路をわたって京王線のホームへ。ちょうど新宿行きが出発するところで、

「よかったですね」

「ええ」

二人並んで坐り、走り出した電車の窓から見ると、遅れて私たちと同じ思案をめぐらしたあずさ号の乗客が、どんどんホームに押し寄せて来ていた。

「これから……こっちも混みそうだな」

ニンマリと笑ってしまった。

「本当に」

女が笑い、親しさが募った。

乗り込んだ電車は鈍行、つまり各駅停車で、一駅一駅、停まっていく。山田、京王片

倉、北野……。

「知らない駅が多いなあ」

「本当に」

途中で急行に乗り換えて新宿へ早く着く方法もあったが、急行は混んでいるようだし、私たちは二人並んで坐ったままささやかな親交を選んだ。

女はそう多くは喋(しゃべ)らない。芦花(ろか)公園に着いたとき、

「文学館があるんですか」

と尋ねた。さっき、あずさ号の席の網ポケットからチラシが一枚……世田谷文学館で催す映画会のチラシが顔を出していたのである。

「ええ、そこで映画会があるんで」

「〈怪談〉ですか」

チラシの隅に丸印をつけておいたのだ。

「そうですよ。小泉八雲の」

私の仕事は予備校の講師。ラフカディオ・ハーンこと小泉八雲は英語のテキストとしてよく利用する。

「偉い人なんでしょ」

人なつこく、気さくに呟く。

「偉いっていうか……そりゃ偉い。日本の昔話を文学にまで高めた人でしょ」

「そうなんですか。うちの近くに公園があって」

「小泉八雲の？」

「はい。銅像があって。小さいけど、ときどき散歩に行きます」

「あ、そう」

「新大久保の駅の近く……」

「知らなかったな」

「怪談って……前世のことが甦ったり、あの世へ行ったりして、不思議ですよね」

「うん」

「見たいです、私も、その映画」

「いいよ。今週の土曜日の午後。一回こっきりだけど」

こんな映画が上映されるのは珍しい。文学館ならではのことだろう。

「行きます、行きます。よろしいですか。古い映画、好きなんです」

「いいですよ」

電車は八幡山のホームに少時停まっていた。女は窓の外を見て、

「怖いわ」

と呟く。怪談について言ったのかと思ったが、どこか様子がちがう。

「うん？」

「ここに病院がありますよね」

「病院？　あるでしょ」

病院なんかどこにだってある。

「昔、祖母が入院していて」

「なんで」

「いえ、べつに。何時に、どこに行けばいいんですか」

「えーと、じゃあ、十二時半に芦花公園駅の改札口で」

「はい。土曜日ですね」

臙脂色(えんじいろ)の手帳を取り出して書き込む。

「ええ。やっぱり名前をうかがっておかないと」

私は自分の名刺をさし出してから尋ねた。

「あ、英語の先生なんですか。すごーい」

「たいしたことない」

「私、佐藤洋子、おもしろくもなんともない名前なんです」

「太平洋の洋？」

「はい。もっとべつな名前のほうがいいんですけど」

「いや、平凡なのはわるいことじゃない」

とりとめのない会話を続けるうちに新宿に着き、時刻は遅れに遅れて八時過ぎ。

「じゃあ、土曜日に」

「はい」

ベージュ色の帽子がコクンと垂れ、うしろ姿に変わる。こうして洋子との関係が始まった。


映画〈怪談〉について少し記しておこう。

名匠・小林正樹(こばやしまさき)が八雲の作品四編を幻想性豊かに創りあげた古典的名作であり、カンヌ国際映画祭の特別賞などを受けている。

その四つの作品は……まず〈黒髪〉。これは妻を捨てて他国へ去って行った男が、離別した妻のすばらしさにあらためて気づき、後悔して数年の後、もといた家へ戻って来る。それを昔通りに温かく優しく迎えてくれる妻……。原作は〈和解〉というタイトルで、その通り、男とすでに死んでいる女(の亡霊)とがしっとりと和解し、睦(むつ)みあう物語だが、映画では一転、女の怨念が黒い髪と化して男を苛(さいな)める。この変更をどう考えたらよいのだろうか。

二番目は〈雪女〉。吹雪の夜に川辺の小屋に閉じ込められた二人の木樵(きこり)。一人は老人で、一人は若い。夜更けて美しい雪女が現われ、老人に冷たい息をかけて殺してしまう。若い木樵は〝今夜のことをけっして他人に話してはならない〟と命じられて、死を免れる。やがて元気を回復した若い木樵のもとに美しい少女が現われ……この少女が何者か、見当はたやすくつくだろう。そして口止めの結末は……と妖しい物語が続いていく。

三番目の〈耳無し芳一の話〉は、平家滅亡のくさぐさをみごとに語る琵琶法師・芳一に耳がないのはなぜなのか。夜ごとに芳一を呼び出し、パフォーマンスを強いる貴人たち……。実は、赤間関に葬られた平家の公達の墓の前で芳一は琵琶を奏で演じていたのだった。それから逃れるには……和尚の救助策に小さな抜かりがあったため亡霊に耳を奪われた、という物語だ。

最後の〈茶碗の中〉は、茶碗の中に見知らぬ武士が映り、そのまま飲み込んでしまうと、その武士が警護をどうくぐり抜けたか、いきなり座敷に現われる。「えいっやっ」とばかり刀で刺せば壁の中に消えてしまう。この物語には結末らしい結末はなにもなく、八雲は「日本の古い物語には奇妙な小説の断片がたくさんある」と、その一例としてこれを紹介しているのだ。

オムニバスとなった四編は新珠三千代、三國連太郎、仲代達矢、岸恵子などなど……往年の名優たちのオン・パレード、しかし趣向はそれぞれ異なっていて、そこが一番の見どころと称してよいのかもしれない。

この古い名画を私は洋子と並んで、文学館のホールで賞味したのだった。

小さなホール。洋子はこの日もベージュ色の帽子。一番うしろの席に坐り、ずっと帽子を被り続けていた。三時間ほどの上映を見終え、外に出ると夏の熱気が残っていた。

「どうだった?」

「ええ。おもしろかったわ。怖いけど」

「コーヒーでも、どう?」

「はい」

駅に向かい、遠まわりをして古い、小さなコーヒー店を見つけた。私はブラックで飲む。洋子はミルクをたっぷりと入れている。

「どれがよかった?」

やっぱり映画の感想を聞いておきたい。それ以外に適当な話題が見つからない。

「最後の。〈茶碗の中〉かしら」

草食動物はかわいらしいが、賢くはないのかもしれない。

「えっ。あれ、結論がないじゃない」

八雲の英語文は、恰好(かっこう)のテキストになるので私はよく知っている。〈茶碗の中〉は評判がよくない。

「そうですけど……」

少しためらってコーヒーを口に含み、ようやく、

「でも、わからないことっていっぱいあるし、それが不思議なんじゃないですか」

「なるほど」

そういうものの見方もあるのかもしれない。

私の表情をはすかいに見て、思い直したように、

「眼(め)とか唇とか、それに髪の毛とか、みんなすごくて」

「うん。〈雪女〉だね」

確かに画面では星が眼になったり唇が夕日になったり、髪の毛が生き物となってからみついたり、ユニークな趣向が散っていたが、それとはべつにストーリーに結びつく感想はないものか……。

「色がきれいで」

映画や演劇など、見終わったあとで、まったくべつな印象を告げられることは珍しくはない。とりわけ女性が相手の場合……。見ているものがちがうのかもしれない。

「一番最初の〈黒髪〉だけど、原作は少しちがうんだ。髪の毛は復讐(ふくしゅう)なんかしない。女は優しく男を迎え入れて、すばらしい一夜を過ごすんだけど、翌朝になると死骸だった。男は愕然(がくぜん)として、それでおしまい。なにしろタイトルは〈和解〉なんだから。映画

の新珠三千代はきれいだったけど、和解したのかな。本心から男を許したかどうか」

と持論を述べたが……やめておこう。相手はそう熱心には聞いていない。

「髪の毛に恨みが籠っていたわ」

これは本当だ。死骸に残された黒髪が蛇のようにうごめいて、真実、無気味で恐ろしい。

「うん」

「執念が籠っているから、だれかの頭にとりついて……」

「とりつくの？」

「夢に見そう」

深く考えることもなく、

「まあね」

コーヒーを飲み干し、

「どう、食事でも」

と誘ったが、

「今日は、少し……」

「あ、そう」

体調がわるいのかもしれない。だったら気の毒をしたのかもしれない。すると、

「家で見たい映画もありますし」

と首をすくめる。テレビの映画だろうか。

「なに？」

「ええ……」

と答えない。

「普段はなにをしてるの？」

洋子の生業を聞いてなかった。勤め人ではないようだし、生活に窮しているようには見えないし……。

「ええ。適当に。暢気に」

「それはいい。でも仕事とか……」

なにかしら仕事をやっているだろう。遊んで暮らしているようには見えない。

洋子は視線を落とし、ワンピースのすそを指先でなでてから、急に顔を起こし、

「帽子とか……造っているんです」

「あ、そうか」

第一印象も垢抜けた帽子だった。帽子を愛用するのは、その作者でもあるから……だろう。

「すてきな仕事だ」

「そうでもないけど」

収入は充分にあるのだろうか。著名なデザイナーならともかく……。

――もしかしたら彼女自身が名のあるデザイナーだったりして――

とも思ったが、これはネガティブだ。そういう雰囲気の女ではない。

「工房があるんですか」

「工房？」

「うん。帽子を造るところ」

「あ、うちでやってます」

内職のようなもの、らしい。もう少し尋ねたかったが、

「今日は……ありがとうございました」

と立ちあがるので、

「あ、そうね。またお会いしましょう。今度は食事でも」

「ええ。ぜひとも」

「どう連絡したら、いいのかな。メールとか」

「そういうの、やらないの。すみません」

「携帯は？」

「はい。えーと……」

電話番号だけは知ることができた。

新宿まで電車に揺られて別れたが、

――家は新大久保なのかな――

小泉八雲の公園が近いと言っていたけれど……。

「さようなら。ありがとうございました」

「うん。さよなら」

人混みの中へ帽子が消えていく。

――こんなものかな――

女性とのつきあいに慣れているほうではない。まったくの話、慣れている男なんて、一般にはそう多くはいないだろう。みんなが手探りだ。少しずつ相手を知っていく。同級生同士、会社の仲間、だれかに紹介されて……実際にはあらかじめ個人情報の入っているケースが多く、これは難が少ないけれど、電車の中で偶然知りあった場合は厄介だ。

――こっちだって名刺を一枚わたしただけだしなあ――

女性はこんなこと、あまり気にかけないのだろうか。

――履歴書でも交換すれば楽なんだがなあ――

少しずつ、少しずつ、それがむしろ醍醐味なのかもしれない。

洋子とは……その後、連絡を取り、三度ほど会い、コーヒーを飲んだり、食事をした

り、

——もう少し踏み込むべきかな——

男が決断しなければ、男女の関係は、はかばかしい進展のないのが一般だろう。

——一度わが家に来てもらうかな——

独り住まいのアパートだが……室内を整理し掃除をして来訪に備えた。たとえばレストランですてきな夕食をとり、そのあとで……と、電話を入れると、

「いつがよろしいですか」

「明後日(あさって)、六時ごろ、どう？」

「はい。私、直前まで……ちょっと。六本木あたりでよろしいかしら？」

「ああ、いいよ」

私のアパートも遠くない。

「どこで」

「えーと。ビァント、知ってる？　俳優座の裏。ケーキ屋の二階」

「知ってます。大丈夫。六時ですね」

「そう」

簡単に約束がなった。

その夕刻……。

オフィスでちょっとしたトラブルがあって私は時刻通りに行けそうもない。タクシーを飛ばしても十分は遅れるだろう。そのことを告げようと思い、五時半過ぎに電話を入れると、

「はい」

「今、どこ？　ビァント、わかった？」

「ええ。店の前……」

「あ、そう。十分ほど遅れる。待っててください」

「…………」

おおいに急いだが、ビァントに着いたのは六時十三分。この店は一階が洋菓子売り場。シュークリーム、エクレア、サバランなど、ガラスケースの中に花畑のように並べている。その左手に階段があり、それを駆け上り、

――ごめん、ごめん――

散っている席を見まわしたが、洋子の姿はない。老婦人が二人、それから若い三人組が奥の席に。それぞれ散って坐っているだけだ。

――トイレットかな――

怪訝（けげん）そうに見つめるウエイトレスに……そのウエイトレスが奥から現われるまでにほ

んの少し……一、二分ほどあったが、

「女の人、いなかった？」

と尋ねた。

席を外したのなら、どのテーブルかにその痕跡があるだろう。水を入れたコップとか、おしぼりとか……あるいは椅子の上に手荷物くらい置いてあるだろう。それが……ない。

「いらっしゃいましたけど」

「うん？」

「今ほど、お帰りになりました」

「えっ。そんなあ」

とウエイトレスを咎めても仕方ない。

「今ほどって、いつ？　何分くらい前？」

「十分くらい、かしら」

窓越しに外を眺め、階段へ戻りかけたが、さっき一階には客らしい人影はなかった。

「帽子を被った女の人？」

きっと被っているにちがいない。

「帽子はわかりませんけど……」

「三十代の？」

「はい。おきれいな方」

「注文は？　コーヒーを注文して？」

「いいえ、私がお水を持って行ったら〝急用を思い出したので、このまま、ごめんなさい〟って、すぐに出て行かれました」

それならば納得がいく。すぐに階下へ行きキャッシャーに立って、

「今しがた、女の人、出て行ったでしょ」

「はい。なんだか急用とか……。二階にいらして、すぐ戻って来られて、そのまんま」

店としては少し当惑があったかもしれない。

「そう。ありがとう」

事情がわかればそう慌てることもあるまい。二階へ戻り、窓際の席に坐って、

「お騒がせさま。えーと、コーヒーを」

と頼んだ。

携帯電話を取り出し……着信はない。すばやく洋子の番号を押した。

ルルー、ルルー　ルルー、ルルー……。

十回待ったが応答がない。留守録の設定をしてないようだ。

——いつもそうだったな——

スマホも持たないし、携帯も電話をかけ電話に出るだけ、余計な機能にはなじまない

女(ひと)らしい。

——どうしよう——

よほどの急用……。今はその対応に夢中なのだ。そう考えるべきだろう。

コーヒーを運んで来たウエイトレスにもう一度念を押した。少し笑いながら……。狼(ろう)狽(ばい)を見すかされるのは楽しくない。

「ここへ坐って、すぐに急用を思い出したんだね、その人」

「はい。入っていらしたときから、なにか落ち着かない様子でしたけど」

「落ち着かないって……どんな感じ？」

「天井を見まわして、なにかべつなことを考えているみたいで」

このときは気づかなかったけれど、ウエイトレスの観察は思いのほか正しかったのではあるまいか。私の姿を探して見まわしていたのではなかったらしい。

「ふーん。帽子は……被ってない？」

と、もう一度尋ねると、

「どうでしたか……。あ、被ってません。黒い髪が、ふんわりと……」

「それを覚えてるんだ？」

「はい」

「服装は？」

「確か、グリーンのワンピース。おきれいな方……」
「うん」
洋子にちがいあるまい。
コーヒーをすすりながら、あらためて考えてみると、
——洋子に連絡する手段は携帯電話しかないんだ——
それも私がコールして洋子が答えてくれること。だが今は、当然向こうからかかって
くるはずだが、これは、
——向こうさん次第——
ビァントで三十分を過ごし再度電話を入れてみたが、応答はなし。最前と少しも変化
はなかった。
そして……驚いたことにこの情況はずっと続いた。私は夜の十時ごろまで適当な間隔
をおいて何度も電話をかけてみたが、すべて同じだった。いや、こちらからのコールさ
え鳴らなくなった。
翌日にもこんな状態が続いて、
——なんのつもりなんだ——
困惑というより怒りを覚えた。約束をしておきながら、それを自分の急用ですっぽか
し、そのまま連絡ひとつよこさないのは、まともな人間のやることではない。

——まともな人じゃないのかもしれないぞ——

このあいだ知りあって、どういう女か、ほとんど知らないに等しいのだ。

三日たった。一週間が過ぎた。怒りよりも、

——なにか大変なことが起きたんだ——

ひたすら連絡のあることを願った。祈った。

二週間がたって現象的には、

——女がひとり消えてしまった——

私としてはそう感ずるよりほかになかった。

その次の火曜日、時間を作ってビァントへ足を運んでみた。

——もしかしたら洋子がもう一度ここへ来たりしていて——

と淡い期待は満たされるはずもなかったが、思いがけない情報があった。過日のウエイトレスとはべつに、キッチンの中にいる女性店員が、

「ああ、あのお客さん」

「知ってるの?」

「知りませんけど、あの少し前、美容院でいっしょだったんですよ。私より一足先に美容院を出て、こっちに向かい、そしたらうちのお客さんなんでびっくりしたの」

「えっ、本当に」

「グリーンのワンピースで。すてきだなって見てたから……。そしたらすぐ出て行ってしまって」

店にとっては不都合な客だったので覚えていたのかもしれない。

「初めての客だよね」

ここは私が指示した店なのだ。

「初めてかどうか、見覚えはありませんけど」

「わかった。その美容院どこ？」

と声が弾む。

「通りの向こう。墓地のほう。ミモザ館っていうの。小さな店ですよ」

「地図を描いてよ」

「はい」

メモ用紙に描いてくれた。すぐに赴く。

薬屋の角を曲がって三軒目。坂の上に小さなビルが建ち、その二階にミモザ館があった。坂の向こうは墓地だろう。六本木は裏へ入ると、こんな地形が多い。

白人女性のポスター。長髪と短髪。みごとな墨書で〝ウイッグあります。マイ・ウイッグもどうぞ〟と、ドアの脇に貼ってある。古い店なのかもしれない。

「こんにちは」

「はい？」

鏡の前に年配の女性客が一人。男性の美容師ともう一人、若い美容師が水色のエプロンをまとっている。

「あのう、ちょっとお尋ねするんですが……お忙しいところ、すみません」

あまり忙しそうではない。

「はい」

「人を探しておりまして……」

と、まず洋子の消えた日を言い、壁にかかったカレンダーを指さしながら、

「三週間前の木曜日の午後五時ごろ、その少し前かな、こちらでお世話になった女性が……三十年輩の女がいたと思うんですが」

「はあ」

と若い美容師が首を傾げる。

「ご存じないでしょうか。なじみのお客さんかどうか」

男性もこちらを向く。水色のエプロン同士が顔を見合わせ、

「三週間前の木曜日？」

「知ってる？」

「うーん、どうかな」

「あの女かしら」

「木曜なら、俺、休みだったろ」

「あ、そうね。えーと、ふっくらした髪の人かしら」

少し考えるような身ぶりをしてから、

「すみません。いらしたか、どうか」

と首を振った。

「なじみのお客さんじゃない？」

「わかりません。ママならわかると思いますけど。今日、ママ休みですから」

「あ、そう。ママはいつ来るの？」

「火曜以外なら、いつも」

「日曜は？」

「やってます」

この二人ではらちがあかない。

「じゃあ、また来ます」

一礼をしてドアを押した。

知った人が突然消えてしまう。痕跡がまるでつかめないなんて……あってよいことなのだろうか。

——警察なら、刑事なら探す手段がいろいろあるだろうけれど——

考えてみれば、洋子は〝知った人〟と言うには不足が多い。それでもなにか手がかりはないものか。いったんは、

——この人とは、もしかしたら、すてきな関係になるかもしれない——

そんな期待を抱かないでもなかった。魚心あれば水心、彼女のほうにもそんな気配がなくもなかった。だから……とても気がかり。少しは探してやらねばなるまい。あれこれと洋子について、思い出せることを思い出してみた。

わからないことを推理するには帰納的方法がある、と言うではないか。本質はわからない。だから、それに関わるさまざまなことを集め、そこから、本質を、全貌を導き出すわけだ。そんな方法を試みてみた。

新大久保近くに住んで帽子を造っているらしい。彼女自身も帽子を被っていた。ベージュ色にグリーンのリボン、服装もしゃれている。年齢は三十代の後半か。多分、未婚、しかしこれは確かとは言えない。離婚して一人暮らし、というケースもある。子どもはあるまい。化粧はうまい。私にはよくわからないが、美容には充分に気を配っているように見えた。そしてそこそこに美しい。性格はおっとりしているが、これはぼんやりし

ていないせいかもしれない。つまり……賢くはない。少なくとも目端のきくタイプではない。常識もほどほど。教養は……なんとなく大学卒ではあるまい……。甲府方面へ行った用向きは聞きそびれた。自分の生活については故意なのか、そういうたちなのか、ほとんど明かさない女（ひと）だ。そう言えば、文学館へ行った夜、家に帰って映画を……多分、テレビで映画を見るような話だった。それを楽しみにしていた。早速、溜（た）めおきの新聞で調べると〈心の旅路〉とある。古いアメリカ映画らしいが、なぜ見たがっていたのか。

いずれにせよ驚くほど情報が少ない。やっぱりミモザ館のママに会ってみるのが一番ではあるまいか。

「ええ、その方。おなじみじゃありません。前に一度いらして」

私も仕事が忙しく、すぐには訪ねられなかったが、消えた日から数えて一カ月ほど後、もう一度ミモザ館のドアを押した。

「名前とか……」

「知りません。前に一度だけいらして、マイ・ウイッグでもいいかって」

「マイ・ウイッグ？」

「自分でウイッグを持っていらして……うちじゃ、そういうケースよく扱ってますから」

「あ、そうなの」

「それで、持って来たんですね。そのお客さん」

「ええ。とてもすてきなウイッグ。髪の薄い方でいらしたから」

「髪が薄い？」

――ああ、そうか。帽子にばかり気を取られていたけれど――

男は大切なポイントを見過ごしてしまう。

「それで？」

「わけありかもしれませんよ」

「わけあり？」

「そのウイッグ、とってもいい黒髪で……。確か間宮で造らせたとか。そんなこと言ってらしたわ。本当かどうか」

「間宮？」

「ええ」

「有名な店なんですか」

「古い鬘屋(かつらや)さんですよ」

「どこにあるの」

「北青山とか。前に聞いたことあるけど……今もやってるんでしょうね。特別な職人さんがいて。女の職人さんだって、小耳に挟んだことあります」

「北青山のどこ」

「北青山の……それしかわかりません」

事情をしつこく聞いてみると、洋子はビァントへ赴く直前に、ここで黒髪のウイッグをつけて髪を整え、それから私の電話を受け……ビァントに入り、ビァントを出て、そこで姿を消したことになる。そう推理ができる。

間宮を訪ねずにはいられない。

表参道の交番で聞き、付近の美容院を四つまわって探し、ようやく間宮のありかを知った。路地の奥の仕舞屋（しもたや）。引き戸は閉じていて開かない。留守なのだろうか。近所からもめぼしい情報はえられず引き返した。


夢を見た。

女が前を歩いていく。〝洋子だ〟と思ったとたん、ふり向いたのは老婆……これは月並みだが、その老婆がシャーレに培養液を入れてかき廻（まわ）し、髪の毛を入れる。たちまち中から髪の毛が長く生えて伸びる。すると……かたわらに少女がいる。若い洋子かもしれない。シャーレの髪が少女の頭に巻きつき、黒々と群がってうごめく。少女が振り向き、老婆に変わっていた。

――怖い――

眼をさました。映画の〈黒髪〉を思い出した。

――映画と言えば――

〈心の旅路〉を探した。洋子があの夜、見たはずの映画だ。実物を見るのはむつかしいが、一九四二年の製作。ロナルド・コールマンとグリア・ガースンの主演。どちらも知らないネームだ。ストーリーは、精神科病院からさまよい出た男が女に救われ、一緒に暮らすようになる。だが、突然、男がいなくなり……彼は失った記憶を回復し、女との生活を忘れてもとの生活へ戻って行ってしまう。女は男を探し、自分との日々を思い出させようとする。ハッピー・エンドらしいが、

――似ている――

なぜ洋子はこれを見たがったのか。

そしてもう一つ。八幡山の駅で洋子が病院のありかを呟いたのは、なぜだったろう。祖母が入院していたというその病院は……？　かつて精神科でよく知られた病院ではなかったのか。

暑さの残る夕刻、ようやく間宮の女主人に会うことができた。

鬘造りの腕だけは確からしいが、もう認知症が始まっているらしい。私と会った日は、

ことさらにひどかったのかもしれない。話がなかなか通じない。

　それでも洋子が注文したウイッグのことは覚えていた。

「ふんわりして、よく似合ったね」

　衣裳だけが異様に若造りで、唇が赤く、ひどく無気味である。

「前から知ってる人？」

「いや、知らん」

「だれかの紹介でここへ？」

「さあ、どうだったか……。私ゃ有名じゃからな」

　個人情報はなにもえられない。気がつくとみすぼらしい仕事場である。畳の六帖間にそれらしい黒い髪が散っている。細工をする木製の台が一つだけ置いてある。

　ふと思い出したように老職人は呟いた。

「あれは人の髪だったな。いい髪の毛がたっぷり手に入って」

「人の髪？　だれの髪ですか」

　薄く笑っている。なにかを思い出している。

「知らん。材料がよきゃ、そりゃいい鬘ができるわな。ふんわりとな」

「どこから手に入れたんですか」

「知らん」

「それをつけた人がいなくなってしまって……なにか思い出せませんか」

「知らん。人の髪の毛は、鬘にして被ると、執念が移って、被った人を変えてしまうんじゃ。もとの人に戻る。もとの髪の毛の人にな」

「そんな……馬鹿なこと」

「女の執念じゃな」

老婆は首を振って奥へ引っ込む。襖がビシャンと閉じて取りつく島もない。

――なんなんだ、これは――

しかし、洋子は呟いていたっけ。「わからないことっていっぱいあるし、それが不思議なんじゃないですか」と……。そう言いながら映画の〈黒髪〉の恨みに眉をひそめていたっけ。

――黒い髪を被ったまま消えてしまって、洋子は本当にどこへ行ってしまったのか
――

襖を叩いたが、なんの返事もない。

――黒い髪はどんな女の執念を宿していたのだろうか――

あたふたと夕べの街へ出ると、人ひとりくらいいつでも消してしまいそうな無関心な、無愛想な人の群れが、右へ、左へ、陽炎のように揺れていた。

向日葵の夢

「殺したい人、いますか」

と尋ねられて、あなたはどう答えるだろうか。

「えっ、今？」

「今でもいいけど……。今じゃなく、これまでにそう考えたこと、あるかどうか」

今日までの人生で〝こいつは生かしておけない〟と思ったこと、あるかどうか、という質問である。

「うーん。ないこともないけど、あんたはどうなの？」

「私？　私はない」

若いころ実際にこの質問を受けて私はきっぱりと否定した覚えがある。その後も時折、考えたけれど、おおむね「ノウ」だった。

が、今は少しちがう。

――あの人を殺したい――

そう思わないでもない。ただの憎しみとはちがうとしても……。

久しぶりに中央線の西荻窪駅で降りた。三十代から四十代にかけて住んでいた街である。

今日は病気の妻を預ける施設を探して立飛、国分寺、三鷹と歩きまわったが、ほどよいところが見つからない。帰路につき、駅の名を記したボードを見て、

――西荻か――

わけもなく降りてしまった。ほんの少しだけ時間にゆとりがあった。

斜光の射す街。北口を出て女子大通りを行く。街はそれほど変わってはいない。何度か足を運んだ理髪店があい変わらず赤と青と白のシグナルをクルクルまわして角に建っていた。

路地に入る。これが近道だ。ここにも昔ながらの小さな店が疎らに看板を立て、ドアを開け、ショウウィンドウに商品を並べている。自転車をよけて道の端に寄ると、そこにアンティークを飾ったガラス窓……。見るともなしに覗いて、

――おや――

と驚いた。アクセサリーを並べた棚の、下段の中央に、珍しい腕時計が置いてある。

――よく似ている――

向日葵（ひまわり）を摸（も）したデザインに見覚えがあった。

——同じ品物だ——

と前に見たものと同じデザインの品が置いてあるのだと思ったが、次に、

——いや、そうじゃない。前に見たやつ、そのものじゃないのか——

十秒ほどのあいだに思案がト、トンと進展した。つまり、腕時計のような商品は同じデザインがたくさん世間に出まわっているだろう。私が以前に見たものと同じデザインに接することは充分にありうる。正確に同じデザインかどうかを疑い、そう信じてから次に同じデザインはもちろんのこと、前に見たものそのものだ、と気づいたわけだ。これはかなり珍しいことだろう。

——入ってみるか——

とドアを押した。

黒ぶちの眼鏡をかけた、若い学生アルバイト風の女店員が眼（め）を上げる。

「こんにちは」

「いらっしゃいませ」

サッと店内を見まわす。四帖半（よじょうはん）ほどの店内。三方に棚をしつらえ、婦人物のアクセサリー、スカーフ、ハンカチ、ガラス器具、用途のわからない小物などが雑多に置かれている。人形や帽子もある。

「古物なの？」

「はあ？」

「新品じゃなく、古いものを売っているのかな」

「だいたいは新しいものでーす。古いものもありますけど」

愛想はよくないが、もしかしたら、このビジネスはあまりお客にまとわりつかないほうがよいのかもしれない。さりげなく商品を見物させるわけだ。

「あなたが集めるの？　古いものなんか」

「いえ、ママが」

「あ、そう。外の、ショウウィンドウにある向日葵の腕時計、見せてくれないかな」

「はい」

小引出しから鍵を取り出し、立ってショウウィンドウの裏の扉を開いた。腕には赤いブレスレット。よくはわからないが、服装と似合っているようには見えない。

「どうぞ」

黒いヴェルヴェットを張った盆に載せてさし出す。手に取って、

「女ものだよな」

と眺めた。

直径二センチほどの文字盤。中央は濃いベージュ色で、そのまわりをイエローの花弁

が囲み、数字は12と3と6と9。二本の針は濃いグリーン。

「女ものです」

当然のように言う。

確かに……。サイズは少し大きいけれど、デザインは女性用以外に考えにくい。グリーンの革の、いや、材質は化学製品らしいベルトが、古いままついている。このベルトにも遠い記憶があった。

ベルトに並んだ穴が……その一番端っこの一つが、細い錐で穿ったようについているのを見て、

――やっぱり昔、私が見たそのもの――

と確信した。

すると、脳裏に、かすかに、水色のワンピースを着ている少女の姿が浮かんでくる。いつも善福寺川の川面を見つめていた……。

「いかがですか」

商品の値札には一万一千円と書いてある。

「高いね」

「珍しいデザインですから。垢抜けてますし」

垢抜けているかどうか、ちょっとむつかしいが、珍しいことは確かである。

「古物だよな。中古品」

ベルトまで古いままだ。

「でも、きれいです。時間も正確ですし」

と、店の壁にかかった時計を見る。

腕時計は手巻きで、グリーンの針は壁時計と同じ時刻を指していた。

「これ、どこで手に入れたのかな」

と聞けば、眼鏡の下がキョトンとした表情に変わって、

「わかりませーん。いろいろ仕入れてますから」

「ママなら、わかるね」

「ええ。多分」

「いつ来るの？」

「夜、七時過ぎですけど……わかりません」

「ふーん」

私は自分の手首にそえ、重さを確かめ、戻した。

「ありがとう」

「プレゼントに、いかがですか」

「うん。考えてみる。ありがとう」

店内をもう一度、一瞥して外に出た。夕暮れにはまだ早い。コーヒーが飲みたくなっていた。

細い道をさらに進んで善福寺川にほど近いあたりまで来ると、コーヒーの専門店があった。このあたりは武蔵野の気配を緑の樹木に残しながら、ところどころにモダンなプレファブの家が散っていて、おもしろい。コーヒー店は茶色い格子ガラスのドアを立て、その隣半分はコーヒー豆を売るカウンター形式の店だ。

カウ・ベルがカラン、カランと鳴り、中はすいていた。奥まったボックス席にどんと腰をおろし、

「レギュラーを」

と頼んで背を伸ばす。そして、

――あの腕時計――

すでにいくつかの記憶が脳裏をかすめていたが、あらためてもう一度、順序を追ってゆっくりと、思い出せることを思い出せるだけ呼び戻してみたかった。

あのころ……そう、妻と二人で井草八幡のアパートに住んでいた。結婚して十年ほど……。子どもにはずっと恵まれなかった。アパートは直線で測ればＪＲの西荻窪と西武線の上井草と、二つの駅のまん中あたりだったが、実際にはＪＲを利用するほうが多か

ったろう。妻の修子（のぶこ）は池袋のショッピング・モールに勤めて、土・日も出勤する。私は公社勤めだから週末を独り気まま勝手に過ごすことが多かった。

いつのころからかウォーキングを始めていた。たいていは午後遅く、コースはきまって善福寺川のほとりだった。川を上るか、下るか、そのちがいはあったけれど……。

川べりに、バス停から少し離れて小さな休憩所、キオスクと呼べばよいのだろうか、屋根の下にベンチを置き、四、五人が休めるようになっていた。

初めてその少女を見たのは……はっきりとは思い出せないけれど、確かそのキオスクの前を通り過ぎ、少し行ったところで水色のワンピースとすれちがい、見るともなしに見送るうちに、ふと足もとに花柄のハンカチが落ちているのに気づいた。

——あの子が落としたのかな——

付近に若い人影はなく、ハンカチにはどことなくたったいま落とされたような気配があったので、それを拾い早足で少女に追いついた。水色のワンピースはキオスクの前に立って川面を見つめていた。

「これ、落とさなかった？」

と、さし出す。

「あ、そうです」

花柄は少女の趣味というより少し大人びていて、サイズも大きい。

「あそこに落ちてた」

と遠くを指さす。

「ありがとうございます」
十二、三歳だろうか。ペコンと子どもらしいお辞儀をしたが、幼い表情は、その幼さとはべつに、かすかに暗く、重いものに映った。
ただ、それだけのこと……。だが、それから数日たって夕暮れも近いころ、少女は独り川辺のベンチに坐(すわ)っていた。

「やあ」

と声をかけると、

「はい」

びっくりして眼を見張り、次に伏せる。

「いつも散歩に来るの？」

「いつもじゃありません」

恥ずかしそうにしているが、突っけんどんではない。顔も足先も、こっちを向いている。

私は人間関係をさぐるとき、体の向きを、とりわけ足先のありかを見る。足先がこっちを向いているときは心を許しているものだ。

こんなことが二、三度あったりして……ポケットの飴玉（あめだま）をあげたこともあったりして、会えば微笑を交わすようになった。私は、いっとき女学校に勤めていたこともあり、少女とは親しみやすいところがないでもない。

とはいえそう繁（しげ）くこの少女と会ったわけではなかった。二週間に一度くらい。いつも夕方。そして土曜日が多い。いや、いつも土曜日の夕刻だったのではあるまいか。

早い時期に少女の持つ腕時計には気づいていた。私は健康のためウォーキングに努めていたのだが、少女はなにが楽しくて川岸に出て来るのか。それもかなり長い時間、川辺を歩いたり、ベンチに腰をおろしたり、遠い空を見つめたり、好き好きと言えばそれまでだろうが、ちょっと気がかりなビヘイビアである。細い腕に大きな腕時計がからんでいるのも、かすかに違和感があったし、その腕時計が少女の持ち物にはそぐわない……。向日葵の文字盤がずいぶんと大げさなデザインに見えた。

「きれいだね」

と指をさせば、両肩を緊張させ、なぜか首を振り、

「好きなんです、向日葵」

これは、わかる。向日葵はすてきな花だ。

「私も好きだけど……どうして？」

向日葵を好む理由を尋ねたが、少女の答は、

「これを見てると、いろんなことが頭に浮かぶんです」

と眼が夢を見ている。

「ほう、どんなこと?」

「不思議なこと、とか」

「不思議なこと?」

少女の視線は夕映えの空へ移った。

「はい」

細く呟く。

「ほう」

そのときはそれ以上尋ねなかったが、次にベンチに坐って腕時計を見つめている姿に気づいて、

「不思議なこと、浮かんだ?」

と尋ねれば、体をまわして向け、

「はい」

「ふーん」

顎で促し、少女が話すのを待った。

「……これ、手首にしてると、前のこととか、これからのこととか」

「時間を越えて……」

と言えば、得たりとばかり頬笑んで、

「そうなんです」

「たとえば？」

「海へ行って」

「ほう」

「夕日が沈もうとして……急に向日葵になっちゃって」

「それは、すごい」

向日葵は英語でサンフラワー、太陽の花ではないか。イメージはつながりやすい。

「毎日、毎日、一日の仕事を終えて、海の向こうに沈んで行って……」

川の流れる先には海があるのではないのか。

「うん」

「海の向こうに島があって、だから、そこは向日葵がいっぱい咲いてて、花の島なんです」

「なるほど。それから」

「わかりません」

視線を腕時計に戻して、じっと見つめている。そこに物語の先が潜んでいるのかもしれない。髪はおかっぱ、切れ長の眼が大きく開く。目鼻立ちはどこかアンバランスだが、微妙に整っている。

——おもしろい娘だな——

と思った。

名前はナカニシ・イクコ。漢字でどう書くのか、そこまでは聞かなかった。それほど繁く顔を合わせていたわけではないのだから……。せいぜい十回くらい。しかし、

——なかなかのストーリー・テラーだな——

こんな少女もまれにはいるのだろう。腕時計を見つめて、

「これをして空を見てると……」

急に言いだしたことがあった。

「うん？」

「雲が、あんな犬になって」

指先の空に白い犬のような雲が浮いていた。

「なるほど」

「でも、すぐに消えちゃって」

確かに……。雲は形を変えて散ってしまう。

「どこへ行ったのかな、犬は」

「遠いところ。むかし飼ってたシロ。いつも走ってどこかへ行っちゃって」

悲しい死別があったのかもしれない。腕時計を空にかざして、

「向日葵がどんどん大きくなって……ヘリコプターになって」

「黄色い羽根をまわして飛んでいくんだ」

「はい。それに乗ってシロを追いかけていくと、街が見えて、海が見えて……」

ヘリコプターはきっと花の島へ降りていくのだろう。私も夢を描いてしまう。

だが、沈んだ声で、

「楽しい夢ばかりじゃないんです」

やはり遠くを見つめていた。

「ほう？」

向日葵に誘われて悲しいストーリーも浮かぶらしい。私もそれを危ぶんでいた。

「妹が姉を憎んで、殺そうとして……」

「そりゃ、ひどい」

子どもの表情に返って、

「あのう、だれか殺したい人、いますか」

すごいことを聞く。

「いや……」

どう答えたらいいのか。動と静とが入り混じった眼が黙って私を見つめている。さぐっている、みたい。

「いや、いない。いないな」

事実、私にはいなかった。そんなこと考えたこともなかった。

「よかった」

「君は？　なんで、そんなこと？」

「いいんです。そんなお話も多いから」

「なるほど」

少し時間をおいて、

「姉妹（きょうだい）いるの？」

「いません」

少女の呟きには、たどたどしいところもあって、むしろ私の想像力が話を引きだし、イメージをふくらませていたのかもしれない。日時がたってしまうと、そんな感触さえ抱いてしまう。

いつも会うのが土曜日のような気がして、

「土曜日だね、今日も」

と尋ねれば、

「はい」

「なにかわけがあるの?」

「ちょっと」

と語ろうとしなかった。

そして六時ごろ、時計を見つめて帰って行く。その理由も聞きそびれてしまった。

ちょうどそのころ、私が住まいを四谷へ移すことになり、ふと、

——あの娘に本を贈ってやるかな——

私が子どものころに読んだ夢見がちの童話集があり、わざわざ神田まで行って求め、土曜日の夕刻、それを持参してウォーキングに出た。

——おそらく今日でお別れ——

だが、イクコは現われない。川岸を行き来し、いつもより長くうろついて待ったが、姿が見えない。ベンチに坐って、

——どうしたのかな——

なにかの事情で来られない日もあるだろう。私は本を手にして人待ち顔でいたのかもしれない。

「だれかお待ちですかな」

星条旗をあしらったTシャツの老人が隣に来て腰をおろした。この川岸でよく見るウ

オーカーの一人だった。

「ええ、まあ」

「だんだん日が短くなって」

老人は私の手にある本を見ている。

「いつもここに来る娘さんがいるでしょ。ここに坐って、ぼんやりと……」

老人も気づいているにちがいない。

「ああ、あの娘ね」

「話しかけたら、おもしろい娘だから本でも贈ってやろうと思って」

「そりゃ……」

と言葉を切り、一つ頷いてから、

「かわいそうな娘なんですよ」

なにか知っているらしい。

「はあ」

「母一人子一人で、その母親が男と会っているんですよ。そのあいだ、外に出される」

「本当ですか」

「そうらしい。言わんでおいてやってくださいよ」

「もちろん」

もう少し聞きたかったが、そのとき女の二人連れがスポーツ・ウェアで近づいて来て老人に笑顔を向ける。

「こんばんは。お元気？」

「おっ、久しぶり」

親しい間柄らしい。

「毎日歩いてらっしゃるんですか」

「まあ、ね」

「じゃあ、ご一緒に」

「よし」

と頷き、私には、

「失礼」

はすかいに頭を垂れ、女二人の後を追っていく。私は見送りながら、

――なるほどね――

ありうべき情況が浮かんだ。母と娘の二人の生活……。

――あの娘の母親なら、まだ若い――

その母親に恋人がいて、土曜の夕刻近くに訪ねて来る。「イクちゃん、ちょっと散歩へ行って来て」とかなんとか、言われて娘は外へ出る。小さいときからの習慣……。し

かし、娘はもう事情を知っていただろう。親孝行の一端なのだ。制限時間は六時過ぎまで。腕時計はそのための用具なのだ。母親が与えたか、その恋人が贈ったか。夢見がちの少女にふさわしいユニークな、少し高価な品物なのだ。少女はそれを見つめて現実とは少しちがったストーリーを心に描く。いつしか向日葵の時計そのものに夢を誘う魔力が秘められているような気さえしてきて……。

西荻窪のコーヒー店……。私はコーヒーの残りを飲み干した。

――あの時計にめぐりあうとはな――

それ自体が夢のような偶然だ。もう二十年ほどの歳月が流れているのだ。この年月のあいだに、まれにはイクコを、腕時計を思い出すことはあった。

たとえば少し前、若い娘がミステリー作家として華々しくデビューしたことがあった。新聞が、新聞の広告がそのことを書きたてていた。

――イクコじゃあるまいな――

成長するにつれ腕時計が暗示するストーリーもふくらんでりっぱなミステリーになったかもしれない。

――ひまわり殺人事件とか――

しかし、現実はこうはいかない。若いミステリー作家とイクコでは年齢があわない。

ただ私が夢想しただけのこと……。正直なところイクコの顔も忘れてしまっていた。

「よし」

と、小さく声を出し、コーヒー店の外へ出ると、街には灯がともり夜の気配が漂い始めている。道を返し、最前のアンティーク・ショップを訪ねた。

あい変わらず黒ぶち眼鏡の女店員がひとり。

「いらっしゃいませ」

と笑う。

「ママは？」

「まだです。今日は遅いかも。なにか？」

「いや……」

「バーをやってますから。でも、あっちはもっと遅くまでです」

「いや、いいんだ。さっきの腕時計、もう一度、見せてくれないかな」

「はい」

鍵を開けて取り出す。

――どうしてこの腕時計がここにあるのかな――

少女が大切にしていた品物が……。もう一つのストーリーが伏在しているにちがいない。

「いかがですか。男の方が使っても、恰好いいですよ」

「まさか」

私が用いるわけにはいかないが、

「奥様に」

脈がある、と見たのだろうか。

「無理だな」

と断ったが、店員の考えとはべつに私の中には微妙なこだわりが……執着が起きないでもなかった。

「高いよ。少しまけてくれないか」

「いえ、そういうこと、しませんので」

「そう、じゃあ」

と言えば、

「待ってください。ママに聞いてみます」

と電話をとる。短いやりとりのあとで、

「一万円でいいそうです」

「うーん」

せっかくママに尋ねてくれたのだから、むげには断れない。腕時計に興味があったのも本当だった。向日葵の魔力かもしれない。

「ぜひ、どうぞ」

「じゃあ、もらおう」

　高い買い物だったが、なんとなく向日葵が私にもストーリーを運んでくれそうな、ばからしい思案が心に蠢(うごめ)いていたのである。

　多分、あなたは信じないだろう。私だって信じたわけではない。だが私たちは自己暗示に陥るときがあるのだ。イクコは熱心に腕時計を見つめ、いつも夢をふくらませていた。ストーリーを描いているようなふしがあった。ならば、それが向日葵時計の魔力と信じてみるのも一興ではないか。

　――あやかってみるかな――

　まったくの話、年月がたってしまうと、善福寺川の岸で……夕暮れの光の中で少女に出会ったこと自体が……いや、いや、出会ったのは事実だとしても少女の語ったストーリーが、

　――本当に少女が言ったことだったろうか――

　私が勝手に話をふくらませているような、そんな頼りなさを感じてしまう。

　――じゃあ、その腕時計を手首に巻いてみようか――

と、奇妙な考えを抱いてしまったのである。

そして、まさにその通りの自己暗示……。霊験はないでもなかった。就寝の前に腕につけ、窓を開け、夜空にかざし、そのままベッドへ入る。いつしか習慣となった。ささやかな酔狂だった。

海が広い。太陽が沈む。太陽は次第に向日葵に変わって水平線のむこうに消えていく。私は舟を出す。たどりつくと、まさに一面に黄色い花の群がる島……。群れの中から少女が現われ、

「こんばんは」

「やあ、久しぶり」

イクコではないか。

だが、少女はすぐに成熟して妻の修子になる。二人で繁みの奥へと進んだ。私たちの若い日々、新婚の日々。

薄暗がりの中。妻の裸形……。

――楽しかったなあ――

いつしか向日葵は枯れ始めていた。花は醜悪と化し、茎は倒れて島は褐色の枯れ野となってしまう。

確かに、確かに、向日葵の腕時計には不思議な力が潜んでいる。ストーリーのある夢

をよく見た。

　少年がりっぱな応接間の窓辺に立っている。私自身かもしれない。ガラス窓が広く開き、床の絨毯（じゅうたん）がクルクルとまわって外へ飛び出す。そのまま波を打ちながら飛んでいく。眼下に広がる街の光、夜の風景。気がつくと、かたわらには若い修子の姿。横顔が真実うれしそうに輝いている。

「どこへ行くの？」

「花の島だ」

「すてきね」

　私はこんな夢を何度も楽しんだ。時折、イクコが現われた。

　イクコも川のほとりで、こんなふうに空想し、夜には楽しい夢を見ていたのだろうか。

　――きっと、そう――

　それは彼女にとって、私にとって、かけがえのない慰めなのだ。向日葵の腕時計には、確かに、確かに、そんな魔力があるらしい。ストーリーはどんどんとふくらんでいく。

　たまたま再度西荻窪へ赴く用が生じ、その帰り道、夜の八時になっていたからアンティーク・ショップを覗いて、

「ママのバーって、この近くなの？」

と、いくらか顔なじみになった黒ぶちの眼鏡に尋ねた。

「はい。駅の向こう側ですけど」

ガードを潜り、細い路地へ入って突きあたり。

「いらっしゃいませ」

カウンターだけの店。四、五人の客。怪訝な視線に迎えられたが、ママが前に立つのを待って、

「これをまけてもらった」

ポケットから向日葵の腕時計を出して示した。

「ああ。あのときの……。ありがとうございます」

「古物だろ、これ」

「はい？」

「前にこれを持ってた人を知っていて」

「へえー、本当に」

ママは気さくで、話しやすい人柄のように思えた。

「夕方、いつも善福寺川に散歩に来ていた」

「ご存じでした？」

「私もよくウォーキングをしていたから」

「あ、そうでしたの」

「ナカニシ・イクコ。中学生くらいだったな」

「はい」

「知ってる人？」

「ええ。遠い親戚」

「なるほど。いつも土曜の夕方、六時を過ぎると帰って行った」

「くわしいのね」

「なんとなく気がかりで……。六時になると腕時計を見て……どうしてかなって」

「ええ」

「母親に事情があって」

多分……。秘密にされていたであろう事情をほのめかすと、

「ええ。ちょっとね」

と、訝しそうな視線を私に向けて呟く。

「私じゃないよ、そのときの男は」

と言えば、

「そうでしょうとも」

と笑った。イクコの事情を知っているらしい。

「いろいろ楽しいことを想像していたらしい、この時計を見ながら」

「不思議な力があるんですって、それ」

そんなことまで知っているのか。

「イクコさんから聞いた？」

「まあ、ね」

「今、どうしてる、彼女？」

「ご存じないの？」

「もちろん。ほんのいっときだけだ。ただ、時計は懐かしくて……魔力があるか、どうか、ちょっと、あるみたい」

「そう」

「自己暗示だろうけど。で、彼女は？」

「死んだわ」

「えっ、ほんとに」

「なにもご存じないのね」

「うん。この腕時計をしてると、すてきな空想が浮かぶことだけ……」

「すてきなことだけかどうか」

と表情を曇らせた。

「なにがあったのさ。聞かせてくれよ」

少しためらってから、

「厭がらないでくださいね。縁起がわるいし」

「どうして」

「彼女、人を殺したの。お母さんの恋人を」

「えっ、いつのこと」

「だいぶ前、十年以上前かしら」

ならば私が井草八幡のアパートを去ってから数年後ではないのか……。

「それで、彼女は……自殺？」

小声で聞いたが……ちがった。

「ううん。病気よ。私、お母さんに遺品の整理を頼まれて……」

「なるほど」

向日葵の時計がアンティーク・ショップに遺された理由は想像がつく。

「驚いたなあ、人を殺すなんて」

「推理小説みたいなトリックを考えて……。すごいストーリーよ。でも警察は馬鹿じゃないから」

「どんな……」

聞こうとしたが、ほかの客がママを呼び、さらに新しい客も入って来て、この夜のストーリーはここで終わった。

――腕時計を見つめてイクコはなにを想像していたのだろうか――

楽しいストーリーばかりではなかったらしい。いや、初めは楽しいストーリーだったのかもしれないが、途中からミステリーに……おぞましいストーリーへと変わったにちがいない。「殺したい人、いますか」などと……。

恐ろしいと言えば、恐ろしい時計である。だが、私はもう手放せない。向日葵は私にも不思議な夢を見させてくれる。本当になにか魔力を秘めているのではあるまいか。人を唆かすような力を……。

イクコの事情についてもう少し知りたかったが、それは他人事(ひとごと)でしかない。私は忙しい。心にも体にももうゆとりがない。

妻の病気がひどい。脳が冒され、病状が普通ではない。介護の苦労が並大抵ではない。若いころの美しい思い出が日ごとに色あせて崩れる。ガタガタと消えていく。

――こんな女(ひと)ではなかった――

心から愛した女(ひと)だった。それが消えていく。

不思議なことに病人は一瞬平静に返るときがある。昔に戻って……。それはまさしく私のいとしい妻なのだ。そして真摯に訴える。切実に呟く。「もう長く生きさせないでね、お願い」と。そして花のように笑う。そして一変する。

イクコはいろいろなことを語っていた。花の話、雲の話……そして「殺したい人、いますか」とも。

腕時計はおおむね楽しい夢を見せてくれる。でも、そればかりではない。かつてイクコを誘ったように……。時折、私に誘いかける。夜ごとに修子の願いを呟く。すると私の脳裏にもおぞましいストーリーが浮かんで広がる。

「それでいいのよ」

若い修子の声がいとおしい。

私はわれを忘れ、そっと文字盤を撫でて見つめる。

鏡の中

眼で見たことを疑うのはむつかしい。

まだ地方の旧家に土蔵の一つくらい、きっとあったころの話である。重々しい扉の前で、

「子どもは入っちゃいけないよ」

と禁じられていた。とりわけ女の子が一人で行くところではなかっただろう。が、そうであればこそ気がかりである。十歳にもなれば好奇心に誘われ、覗いてみたくなる。家人の留守を狙って少女はそっと厚い扉の前に立った。掌に握った鍵は大きく、汗ばんでいた。

小雨のけぶる夕暮れどき……。鍵をさし込み、鍵を廻した。力いっぱい引くと、重い扉が鈍いきしみをあげて細く開く。そっと中へ踏み込んだ。かすかに饐えた匂いが鼻をくすぐる。

土蔵には二階があり、右手に狭い階段が伸びていた。一階のほうは大人といっしょに

何度か入ったことがある。箪笥や長持、洗い張りの板、臼と杵、なんに使うのかわからない農機具、大きな水瓶、まるめた茣蓙、本棚、大小さまざまの植木鉢、そして段ボールの箱……乱雑に置かれていたが、これは見たことのない風景ではなかった。

すぐに階段を上った。こちらは未知の世界である。が、ここにも古い家具や器具類が乱雑に置かれていて、天井の低いところを除けば一階とさして変わりがない。小さな窓を抜ける光が乏しかった。

——あらっ——

古い家具のあいまに赤い模様が見えた。どす黒く、血を散らしたように見えた。

——女の人の着物かしら——

と思ったが、すぐに、

——ちがうわ——

と、わかった。

背の高い鏡台が一つ。赤い模様は鏡を被う布とわかった。高く積んだ段ボール箱のあいだに押し込んである。少女は体を入れ、布の被いをたぐりあげた。

ぼんやりと自分の姿が映っている。

カタン……。

かすかな音を聞いたが、気のせいだったかもしれない。鏡を少し見つめて、それから被いを戻そうとしたとき、背後に……鏡の中に赤い色が蠢いた。

はっとして見直すと、赤い色は少女のうしろに動いて、肩のあたりから……肩のうしろから顔が覗いた。もとより少女の背後にはなんの気配もない。なんの気配もないのに鏡の中に青白い顔が映ったのだ。

「いやっ」

どんな顔かはっきりと見ることはできなかった。うつろな表情、おかっぱのような髪が乱れて……それもどれだけ確かに見たことか。

少女は恐怖のあまりそこに倒れた。

夜になって家人は少女の不在を怪しみ、家中を探して、気を失っている姿を見つけた。

「どこへ行ったかと思ったら……」

「土蔵の扉が少し弛んでいたからな」

発見には少し手間取ったが、土蔵の錠が開けられているとわかれば、たやすい。

「どうした?」

「わかんない」

正気を取り戻した少女は、自分がただわけもなく「土蔵の中を知りたかった」と告白したが、鏡の中に見たものについては、なにも話さなかった。本当のことかどうか、少しく信じられないところがなくもなかった。

だが、

「本当のことなんじゃ」

話してくれたのは祖母(ばっ)ちゃんである。私は丸坊主の男の子、確か小学二年生、話の中の少女と同じ年ごろだったろう。

「ここの土蔵？」

当時は赤羽(あかばね)の郊外に住んでいて、祖父母のころまで農業を営んでいたはずだ。土蔵もあり、中には水害に備えて小さな舟まで吊(つ)るしてあった。

「ここじゃないがな」

「じゃあ、どこ」

「うーんと……」

祖母ちゃんはいつも赤羽の家にいたわけではなく、伯父の家族といっしょに浦和に住んでいて、時折、赤羽に来て、しばらく逗留(とうりゅう)しているのだった。

「浦和？」

「浦和でもない。もっと昔のことだ」

ゆっくり考えてみれば……くわしい事情は私の知るところではなかったが、祖母ちゃんは若いときにどこかからお嫁に来たはずだ。少女のころは赤羽や浦和となんの関わりもなかっただろう。

——祖母ちゃんは、どこで怖いめにあったのかな——

気がかりではあったが、さらによく考えてみれば、本当に祖母ちゃんが体験したことかどうか、それも疑わしい。

しかし話はボソリ、ボソリと低く聞こえて、いかにも本当らしく、聞くだに恐ろしかった。

確か私が道で転んで顔に怪我(けが)をしてしまい、薬を塗ったあと手鏡をそのまま……面(おもて)を上にしたまま放り出しておいたのだった。

「鏡は見えんよう伏せておかなきゃ、いかん」

と言う。

「どうして」

「とりわけ夜はな。鏡の中に魔性もんが映るから」

「魔性もんて、なによ」

「化け物じゃ」

「本当に」

「ああ、本当じゃ。祖母ちゃが子どものころに……」

と話してくれたのが土蔵の話だった。

初めて聞く話だった。祖母ちゃんは「恐ろしくてだれにも話せんかった」と言い、ずっと秘密にしていたらしい。こういうことを人に話したりすると、もっと恐ろしいことが起きるのだとか。でも話してしまった以上、

「それ、なんだったの?」

もっとくわしく、鏡に映った魔性もんの正体を知りたい。祖母ちゃんは、お小遣いをくれたり、お菓子を買ってくれたり、うれしい人だったけれど、少し怖かった。眼が笑わない。ときどき不思議なことを言う。でも思い返してみると、このときが一番怖かった。

「近くの大川で少し前、女の子が死んでのう、みんなにいじめられて」

「うん」

「恨みを言いに来たのか、親に会いたくなったのか」

「うん」

「鏡はいかん。古い鏡はあの世とこの世をつなぐ出入口なんじゃ。暗いところでフイと覗くと魔性もんが顔を出す」

「ふーん」

祖母ちゃんはなにかを推し測るように部屋の天井をはすかいに見つめていたが、

「門番がいなけりゃ出入口は開かん」

と呟く。よくはわからなかったが、

「祖母ちゃんが門番だったの？」

と尋ねたのは、われながら殊勝だった。

「わからん。そうかもしれん。坊も気をつけな。暗いところで鏡を覗いたりしちゃいかんぞ」

「うん」

大川で死んだ女の子は鏡に映って、それからどうしたのか。抜け出して、土蔵を出て、どこへ行ったのか。きっと赤い着物を着ていたにちがいない。

――鏡かけのけばけばした色と関係があるのかなあ――

しばらくは怖いイメージが頭の中にこびりついていた。暗いところで鏡を覗くなんて、もともとそんな機会は少なかったし、それからは努めて避けるようにした。鏡そのものも怖くて、近づくのが厭だった。独りでいるときにそばにあったりすると、

――知らんよ――

べつな部屋へ行ったりして無視するよう努めた。もちろん、

――祖母ちゃんの話、本当かなあ――

その疑いはあった。

大人はまことしやかに怖い話を子どもに聞かせる。自分が実際に見たことみたくに……。

――でも、たいていは嘘なんだ――

どこかで聞いた話。本当にあったかどうか、とても怪しい。

だが、それとはべつに中学生になって……確か二年生のときの担任の山岸先生だったと思うけど、臨海学校の夜にひとくさり怪談を話して生徒たちを脅かしたあと、

「幽霊に会いやすい人がいるんだな、百人に一人くらい」

真面目な顔で言っていた。教室で勉強を教えるときみたいに……。みんながキョトンとしていると、

「だれもってわけじゃない。幽霊のほうも人を選んで、その人のところに出る」

生徒たちが、

「本当ですかあ」

「嘘だあ」

と口々に叫ぶのを先生は笑いもせずに睨んで、私と眼が合うと、

「竹井、気をつけろよ」

そう言ったのは、ただの偶然だったのか、理由があってのことだったのか、とにかく、

――祖母ちゃんは幽霊に会いやすい人だったのかもしれない――

と思い、

――俺もそうかな――

祖母ちゃんに「坊も気をつけな」と言われたことが頭の隅に残っていた。そんな特性が実在し、わかる人にはわかるのかもしれない、と考えたりもした。

いずれにせよ、百パーセント信ずるようなことではない。

――この眼で見たことじゃないんだし――

中学を卒業し高校生ともなれば、おのずと迷信のたぐいとは距離を置く。ただ、一つのイマジネーションとして、

――幽霊に会いやすい人と、そうでない人とがいるのかもしれない――

これは少し信じた。現に「絶対に見た」と訴える人がいるのだから……。でも、

――俺はちがう――

論より証拠、十数年生きてきて会わないのだから……。

――祖母ちゃんはどうかな――

べつな思案があったかもしれない。祖母ちゃんが子どものころ、土蔵の二階で倒れていたのは、古いことながら本当らしい。祖母ちゃんは確かに魔性のものを見て、それを私にだけ話してくれたのかもしれない。それはなぜなのか。こんな事情もあって鏡は私にとって少し気がかりの道具だった。

高校生のころ小型のラジオを入手して独りでよく聞いていた。タレントたちがガヤガヤ自分たちのことを話して大笑いしているのは気に入らない。音楽か、それから、

――落語がおもしろい――

番組表を調べて聞きあさった。耳を傾けるうちに、これが一生の好みとなった、と言ってもよいだろう。

すると……〈松山鏡〉を聞いた。有名な話らしいが、なにしろ鏡が絡んでいる。

あら筋を述べれば……むかし越後(えちご)の国(くに)の松山村に住む男、働き者で、純朴で、すこぶる評判がよろしい。孝養の念が著しく、両親を亡くしてからも墓参りを欠かさず、とりわけ父親に対しては、

「父(と)っつあんが恋しくてならん」

自分を正しく育ててくれたことへの敬慕がはなはだしかった。

お殿様がこの噂(うわさ)を聞き、

「感心、感心。褒美を取らせよう」

「滅相もございません。生きているときにろくな孝行もできず、今はそれがくやしくて、くやしくてなりません」

「うむ。その心がけがまた殊勝じゃ。望みがあれば申せ」

しばらくはためらっていたが、強く促されて、

「父っつあんに会いとうございます」

「それは無理だ。無理ではあるが……よし、鏡をつかわそう」

この村にはまだ鏡というものが知られていなかった。遠い時代においては鏡は大変貴重な、珍しい調度であった。

この男の年齢が、父っつあんが死んだときに近く、加えてこの父子は顔立ちがよく似ていたらしい。お殿様は〝子は親に似たるものぞと亡き人の恋しきときは鏡をぞ見よ〟と歌までそえてつかわした、というから念が入っている。

男はこの褒美をことさらに誇ることもなく宝物として納屋の奥の、つづらの中に納めて、けっして他人には見せない。自分独りで覗いては、

――父っつあんがいる――

そっくりの容姿が懐かしくてたまらない。朝な夕なに、

「父っつあん、おはようございます」

「父っつあん、今、帰りました」

と親しんでいた。

この男の女房がかいま見て……なにしろくわしい事情をなにも聞いていないから、

――うちの人、なにしてるのかしら――

訊ねても教えてくれない。なにか大変な秘密があるらしい。亭主の留守を狙って、こっそり納屋に入り込み、つづらを開けてみれば、

「こりゃ、なんと！」

自分の姿を見て……女がいるではないか。

――さては私に隠れて、こんなところに女を囲っていたのか――

いい人だと思っていたのに、とんでもない。亭主が帰ってくると、

「お前さん、なんてひどいこと、なさる！」

と、くらいつく。亭主はさっぱり見当がつかず、

「なにを怒っている」

「よくも白っぱくれて。私に隠れて、女を囲ったりして」

「わからん、わからん」

「許せんわ」

「馬鹿こくな」

大喧嘩（おおげんか）になったところへ、たまたま村の尼さんが通りかかり、

「まあ、まあ、まあ」

と仲裁に入る。

「こいつめ、気が狂うた」

「あんたこそ気ぃ確かか」

日ごろ仲のいい夫婦なのに取りつく島もないほどの争い……。尼さんが宥（なだ）めながら事情を聞けば、

「この人が女を納屋に隠してる」

「ひどい言いがかりだ」

尼さんが頷(うなず)いて、

「よし、よし。私が確かめてみような」

と納屋に入り、つづらを開けた。すぐに戻って来て、

「二人とも喧嘩はやめな。中の女も申しわけないと思っておるわ。尼になってわびている」

という落ちになる。

馬鹿らしいけれど、トン、トン、トン、弾むように話が進んで笑えてしまう。

初めてラジオでこの落語を聞いたとき、演者がだれだったのか、高校生の興味はそこまでは届かなかった。が、多分、名の知れた名人上手であったにちがいない。巧みに少年の脳みそをゆさぶってくれた。もちろん、

――いくらなんでも鏡を見て、そこに人間が実在してるって……思わないよなあ――

とは考えたが、それを言っては落語は成り立たない。むしろ私自身、自分で鏡を覗いて、

――馬鹿らしい――

笑いながらイマジネーションのおもしろさを実感したにちがいない。落語の持つスト

ーリー性のみごとさに気づいたにちがいない。それからは鏡を見ては、この落語を思い出しユーモアを感ずるようになった。あえて言えば（大げさではあるけれど）恐怖からユーモアへ、鏡についての印象が変わった。

次第に知識が加わる。鏡に因(ちな)んだストーリーを記憶に留(とど)めるようになった。

まず初めに水鏡があったにちがいない。ギリシャ神話のナルシスは〝自分の姿を見なければ長生きするだろう〟と予言を受けていた。美少年であったことは疑いない。彼は自分の姉に恋をし、この姉が死ぬと面影を求めて銀色に光る泉にたどりつき、そこに自分の姿を映して慰めた。姉とはそっくりの二人だった。水に映る姿を深く愛そうとすればユラユラと揺れて消え、つねに儚(はか)ない。ナルシスはその儚なさに耐えきれず短刀を胸に当てて自害する。その血が美しい花を咲かせ、水仙(ナルシス)になったという。自己愛を言うナルシシズムももちろんこの伝説に由来している。

私たちの日常には、夢と現実(うつつ)と幻がつきまとっている。いずれも視覚的なイメージだ。鏡は現実を映しながら夢のように儚なく、幻に似ている。どこかに神秘を隠している。遠い時代には金属を研磨して造り華麗な装飾もほどこされて高貴な品であった。日本神話ならアマテラスオオミカミ、天岩戸(あまのいわと)に籠ったとき、わずかなすきまから鏡に映る自分を見て、

——あら、もう一人、外に美しい女神がいるのかしら——

と身を乗り出したとき、力持ちのタヂカラオが岩戸をこじ開け、アマテラスを引き出した。鏡は三種の神器の一つ、八咫鏡として今でも天皇家の璽として秘蔵されているはずだ。

まったくの話、鏡にまつわるエピソードは大小あちこちに散っている。井戸を覗くと、暗い底に人影が映っている。水鏡なのだろうが、実際に鏡が沈んでいるケースもある。臨終の母親が一人残される娘に井戸や池を指して「私に会いたければ水底を見よ」と教える。すると母が現われ、さまざまな霊験が示される、というストーリーは多い。歴史上の人物がこれに絡むと民話が伝説となり、まことしやかな遺跡があったりする。女の姿を繁く映すことから鏡が女性の身替りとも見なされ、たとえば女人禁制の山に入り、死罰を受けようとしたとき、懐中の鏡を投じて命を救われる、というストーリーもある。鏡が身替りとなったのだ。その鏡が岩に変じ、

「あれがその岩よ」

と観光の一スポットとなったりする。

本格的なストーリーとなると、江戸川乱歩の〈鏡地獄〉を忘れてはなるまい。鏡の不思議さに取りつかれた男が、球体の、内側に鏡を張りつめた部屋を造らせ、その中に籠って発狂する、というストーリーだ。乱歩の怪しい筆致が、この恐ろしさをみごとに描いている。

絶品と言えばルイス・キャロルの〈鏡の国のアリス〉だろう。キャロルは数学者であり知人の娘に即興で創って聞かせたストーリーが滅法おもしろく、これが後の〈不思議の国のアリス〉となり、さらにその続編とも言うべき〈鏡の国のアリス〉が誕生した。少女アリスは文字通り鏡の中へ入って行く。夢とユーモアと言葉遊びとクイズ、多彩なストーリーだ。

「ゴチャゴチャしすぎて、駄目よ」

大学生のころのガールフレンド、早苗(さなえ)はこの作品を認めなかった。

「そうかな」

彼女は、

「童話作家になりたいの」

と夢を抱いていた。

「へえー、すごい」

「小説家はむつかしいけど、童話作家ならなれそうだから」

「そういうもんじゃないのとちがうか」

「もう、一つ考えてあるわ」

「童話を？」

「そう。独りで寂しく暮らしている娘のところへ、魔法使いが現われて鏡をくれるのね」

「それがストーリー？」

「ええ。鏡の中に自由に入っていけて、そこでいろんな冒険をするの」

「ふーん」

「鏡って、おもしろいじゃない」

「うん」

「子どものころ、天井が映るよう鏡を水平に持って、そのまんま外へ出るの。雲が映るし梢（こずえ）が映るし、高い建物が見えるし、鳥になったみたいで、楽しかったわ」

「鏡はおもしろいよ」

私としては〈松山鏡〉を話して彼女を笑わせたかったが、うまいきっかけがつかめなかった。早苗とはなにが理由か、まもなく疎遠になり、

——あの童話、完成したのかな——

平凡な奥さんに収まっているらしい。

話を私自身の生活に戻して……落語や民話や奇妙な小説に関心を抱くうちに大学では国文学を専攻し、教育研究所の職員となった。多少の悩みや屈折はあったけれど、おおむね平凡な二十代、そして三十代。あ、そうか、小さな恋愛のあと茂美と結婚をした。

ことさらに意図したわけではないが子どもには恵まれないまま夫婦ともども不惑を越えてしまった。茂美はデパートで会計を預る正社員で、

「もうデパートの時代じゃないのよね」

と言いながらも忙しく働いている。夫の仕事については、

「研究員なんて、いい身分ね」

理解は薄いが、金銭とはほとんど関わりのない仕事のよさは認めているようだ。落語については、

「おもしろいわね」

ときどき寄席（よせ）通いにつきあってくれるし、つきあえば体を揺すって笑っているし、二人の毎日は可もなく不可もなし、夫婦はこれが一番なのかもしれない。

鏡については……どう説明したらよいものか、私にはサムシングが残っているが、妻のほうは当然のことながら、なんのこだわりもない。ただ、

「男の人も毎日鏡を見るほうがいいわよ」

「どうして」

「自分がどう年を取っているのか、ちゃんと見て、少しは向上心を持ったほうがいいわ。若さや健康を保つためにも」

「うん」

そうかもしれない。自分をよく知るためにも役立つ。彼女自身も化粧とはべつに鏡を見てはささやかな自己確認を心がけているらしいが、鏡の不思議さについては、あまり関心がないらしい。手鏡を表向きにしたまま放り出しておくから、

「怖くないか」

「なんで」

「暗いところに置くと、お化けが映る」

「そんなこと言ってる人のところには出るのよ、お化けが」

「そうかもしれない」

「楽しいわね、あなた、いろいろ想像して」

彼女にとっては鏡はただの道具にしかすぎない。〈松山鏡〉についても、

「馬鹿みたい」

笑ってはくれたけれど……。

「一つのことが、それに関わる人それぞれによって、みんな意味がちがってくる。そういうストーリーの典型なんだよな」

「むつかしいのね」

「だってそうだろ。同じ鏡なのに、それを見る人により見えるものがまるでちがうんだから」

「そりゃそうでしょ、鏡なんだから」

「まあな」

確かに私はこだわり過ぎている。

「でも落語は笑えるわね」

「落語はすごいよ。ストーリーの宝庫だ」

「古いこと、いろいろ教えてくれるしね」

「それもある」

妻の従弟(いとこ)にテレビ局で教育番組を制作している雨宮さんがいて、彼は私のよき理解者だ。一月ほど前のこと、

「落語に含まれてる有益な知識、高校生くらいを相手に話してくれませんか。このところ若い人たちに、お笑い、はやってますから」

「ええ?」

「落語家とはべつな立場から……。いろいろおもしろいことあるでしょ」

私の日ごろの雑談に興味を示してくれた。

「そりゃ、ありますけど」

「本気で考えてください」

「はい」

「来月あたり」

「いいですけど。どうすればいいんですか」

「二十分の番組。おもしろい落語を紹介して、その中のユニークな知識を解説してください」

「たくさんあるなあ」

「スタジオは川口のほう。遠いけど、いい？」

「車で行きますから」

「地図を描くから」

と、すぐに具体的な話になった。

「若い人相手だから、らくな服装で」

「ネクタイなんか、なし？」

「もちろん。そうしてください」

妻に話すと、収録の前日になって、

「これ、着てって。私からのプレゼント。お祝いよ」

「なんのお祝い？」

「テレビ、初出演でしょ」

「大げさな」

すてきなシャツを贈ってくれた。ベージュの長袖で、襟と袖口と、それから左の胸ポケットが、美しい茄子紺に染まっている。とてもシックなデザインだ。

「いい男に映るわよ」

「上等、上等」

おおいに気に入った。

収録は土曜日の午後四時。妻はいつも通り朝早く家を出て行く。

「頑張ってね」

「大丈夫だよ。帰りはちょっと赤羽へ寄ってくる」

「あ、そうね。お義姉さんによろしく」

「わかった」

話は少し遡るが、私は大学を卒業するまで赤羽の家に住んでいた。ときどき祖母ちゃんを迎えていたのもここである。私が研究所に勤め、兄が結婚し、父が亡くなり、私は住まいを目白へ移した。赤羽の家屋敷は兄が半分ほどを相続し、家族ともどもずっと暮らしていたのだが、遠からず大がかりな区画整理が始まるらしい。

「売るぞ、家も土地も」

「家はいくらにもならんでしょ」

「もちろん」

その兄は名古屋に本社のある家電メーカーに勤めているから、ゆくゆくは名古屋に住まねばなるまい。兄の妻が、

「土蔵にあなたのほしいもの、残っているでしょ」

私に言って寄(よ)こしたのである。

「ないよ」

「本なんか、本棚にいっぱい並んでいるわよ。お義父(とう)さまのものかしら」

「ろくなもの、ないと思うよ。みんなそっちで処分してください」

「でも一度見に来てくださいな。陽一さんも言ってますから」

兄の意向でもあるらしい。こういうことはあとでトラブルが起きたりするし、義姉はこういう件ではわりと頑(かたくな)な人柄なのだ。

「じゃあ、見るだけ」

必要なものが残っているはずはない。目白へ移るとき一応は土蔵の中を見て、ほしいものは手に入れている。が、川口へ行くなら赤羽に立ち寄り、一件を落着させておこう。スケジュールは固まっていた。茂美のプレゼントをまとい、手みやげのカステラをシートに載せてアクセルを踏んだ。

当日のテレビ・スタジオ。簡単なリハーサルのあと、正面のカメラに赤ランプがつき、

「皆さんは〈時そば〉という落語を知っていますか。有名な古典落語です」

と、まずは落語そのものを紹介した。夜更けて街角に屋台のそば屋がポッンと客を待っている。客が来て、そばを褒め、そして代金を払うところ。本職の落語家の実演を声だけ採って入れた。

「銭を払うよ。いくらだい」

「十六文いただきます」

「銭はこまかいよ。一つ、二つ、三つ、四つ、五つ、六つ、七つ、八つ、何時だい？」

「九つで……」

「十、十一、十二、十三、十四、十五、十六だ」

と演じたところで、今度は私自身が一文というコインを説明し、二八そばに触れ、それから、

「おわかりですね。時間を聞くふりをしながら、うまく〝九つ〟を飛ばし、一文ごまかしたわけですね」

と解説。落語に戻り……このやりとりを見ていた男が、

「うまいもんだなあ。よし、俺もやってやれ」

と次の夜、べつなそば屋を相手に、ここはふたたび本職の声で、

「銭はこまかいよ。一つ、二つ、三つ、四つ、五つ、六つ、七つ、八つ、何時だい？」

「四つで……」

私の声に変えて、

「五つ、六つ、七つ、八つ……」

「五から八までをくり返し、結局、逆に四文損をしてしまうわけです。テンポよく話が進みますが、さて、この時間の数え方、わかりますか。武士が登場するドラマや小説ではよく〝暮れ六つ〟とか〝明け六つ〟とか、出てきますが、どういうシステムでしょうか。一通り覚えておきましょう」

これが私のテレビ講座の中核である。

「〝明け六つ〟は朝の六時、〝暮れ六つ〟は夕方の六時、これは覚えやすいけれど、ほかは今とはまるでちがっています。この二つを覚えたところで、それからは二時間おき、六つの次は〝五つ〟〝四つ〟と逆に数を減らしていきます。〝暮れ六つ〟から減らしていけば〝五つ〟が二時間後の夜八時、〝四つ〟が夜十時。次が〝三つ〟になるかと思えば大ちがい、ここで急に〝九つ〟になり、これが夜の十二時、〝八つ〟と減ってこれが夜中の二時、〝七つ〟が朝近くの四時、そして〝明け六つ〟となる。この先も同様で、十二時のところで夜も昼も〝四つ〟から〝九つ〟に変わる、これがポイントですね」

用意しておいてもらった図表を示して簡明にシステムを説明した。〈時そば〉は九つの前が四つである、微妙なタイミングを利用しているのだ。

まずまずの出来だったろう。ベージュに茄子紺をあしらったシャツがテレビの画面によく映って若々しく、われながら、

――わるくない――

しっかりと心に残った。

「ご苦労さま。再来週の金曜日、夜十時半の放映です」

「お世話になりました」

スタジオをあとにしたのは五時少し過ぎ。小雨が降り始め、もう夜が近づいていた。赤羽の家に着いたのは、途中に渋滞もあって七時少し前。あらかじめ携帯電話で伝えておいたので、

「あら、いらっしゃい」

「お久しぶり。ご迷惑をかけます」

「余計なもの、みんな土蔵に入れておきましたから」

兄は名古屋に単身赴任しており、甥(おい)や姪(めい)も、一人ずついるはずだが、姿が見えない。

「遅いんですね、帰りが」

「ええ。今夜は特に……。用があるとか」

お茶をご馳走(ちそう)になり、長くは邪魔するつもりはなかった。

「じゃあ、早速ですけど」

「はい」

鍵を受け取り、義姉の案内で土蔵に向かう。渡り廊下はプレファブ造りに変わり、土蔵の扉だけが古めかしい。

扉を引き開けパチンと電灯をつける。つけても薄暗い。中はガランとして、めぼしいものはなにも置いてない。

「片づけちゃったから。そこの本棚くらいのものかしら」

「ええ、どうも」

ざっと見たが、持ち帰るほどのものはない。

「二階も、どうぞ」

「ええ。じゃあ、とりあえず」

私は独り階段を上った。

さらに暗い。ここもガランとしているが……ドキン、胸が鳴った。

右手の奥に赤い布が見えた。鏡かけ……。

——鏡台が、ある——

踏み台の上に、赤い模様の布をかけて鏡台が置いてある。

——昔のやつかな——

祖母ちゃんが見たやつ……。それはありえない。

——前からあったかなあ——

私がこの家にいたころに……。なかったような気がするけれど、それはどうでもよいことだ。とにかくここに鏡台のあることが、微妙に怖い。怖いというより不思議である。

——なぜなんだ——

積年の屈託が胸をかすめたが、長い時間ではなかった。怪しむより先に近づいて赤い布を払った。

——暗いところで鏡を覗いちゃいけないはずだったけど——

ためらうより先に私自身がぼんやりと映っている。最前テレビ・スタジオのモニターで見たのとまったく同じ姿……。

——わるくない——

いくつになっても恰好（かっこう）のよいほうがうれしい。

「手伝いましょうか」

と下から義姉の声がする。

「いえ、結構です」

背後に、鏡の中の自分の背後に、怪しいものの現われないのを確認して、独り笑いながらすぐに鏡かけをおろした。

「なんにもありません」

「本当に？」

「ええ」

　初めからわかっていたことだ。苦情を残さないための儀式のようなもの、義姉もそう考えていたにちがいない。

「失礼します」

「もう少し待ってれば、帰って来ますのに」

　それが甥なのか姪なのか、いずれにせよ待って会わねばならない人たちではない。顔もよく思い出せない。

「明日の予定もあるので」

「そうですか。じゃあ今度は名古屋かしら」

「きっとそうですね。兄貴によろしく」

「はい」

　外では雨が強くなっていた。帰路のハンドルを握りながら、

　——なんであそこに鏡が置いてあったのかな——

　因縁めいたものを思ったが、それよりもなによりも、

　——今日のテレビはうまくいったな——

　再来週が楽しみだった。

研究所に外国からの客があって煩わしい日が続いた。

二週間たって、この夜は茂美もテレビの前に坐ってお茶をすすっている。

「あ、出た」

「そりゃ出るさ」

「いいじゃない」

「惚れなおした？」

「そこまでは、ちょっと。でも、いいわよ、このシャツ」

「うん」

二人で満足している。話の中身については、

「高校生にわかるかしら」

「わかってもらわなくちゃ困る」

「そうよね。時代劇なんか見てると、よく出てくるものね。〝暮れ六つどきである〟なんて」

「そう」

「でも……いいわ、このシャツ」

「うん」

私自身も話の中身よりテレビの中の自分が脳裏にしっかりと焼きついたみたい……。

　それから数日後、休日の午後、所用で外出して、その帰り道、電車の中で突然、激しい恐怖に襲われた。

　なぜ恐ろしいのか。

　すぐにはわからなかった。恐れるほどのことではないとも思った……。が、恐ろしい。電車の中で、窓ガラスかなにかに自分の姿が映ったせいかもしれない。ほとんど無意識のうちにそれを見たからかもしれない。

　——鏡は、本当に見知らぬ世界からの……あの世からの通路なのかもしれない。そこには門番が必要なのかもしれない——

　だれもが門番になれるわけではなく、魔性のものに会いやすい人がいるのだ。祖母ちゃんは「坊も気をつけな」と言っていたけれど……。

　先日、土蔵の中の鏡……。なぜ鏡があそこにあったのか。いわく因縁のある鏡なのではあるまいか。

　——それは、まあ、いい——

　とにかくちょっと無気味な赤い布をめくって中を覗いた。テレビとそっくりの姿が映っていた。それですっかり満足してしまった。短い時間だった。

が、今思うと、

——本当にテレビの映像と同じだったんだ。寸分たがわずに——

ベージュに茄子紺の襟、茄子紺の袖口、そして茄子紺の胸ポケット。襟や袖は……どうでもいい。ちょっと見ただけでは、わかりにくい。しかし胸ポケットはどうなのか。テレビの映像は私自身と同一だ。

しかし鏡は、ちがう。ちがうはずだ。左右が逆になる。胸ポケットの位置は同じには映らない。左の胸にあるものが右へ移っているはずだ。なのに……。

私はしっかりと思い出せる。何度思い返してもまちがいない。この確信が恐ろしい。鏡の中の私は……暗いイメージではあったけれどテレビの映像とそっくり、映像そのもの、この記憶に狂いはない。テレビと同様に恰好いいのを認めて、しみじみ頷いたのだった。

すると……鏡の中から本来鏡に映ってはいけない姿が現われたのだ。

——あれは鏡の映像ではなかった——

魔性のものが暗に鏡の中から私とよく似た姿で現われたのだ。なんのために？　私をあざ笑うように……。

——けっして見誤ったわけではない——

この確信が強ければ強いほど、確かであればあるほど、微妙な恐怖が、戦慄が胸を騒がせるのだ。

——幽霊なんて、いるものか——

合理はいくらでも尽せるが、この眼で見たことを疑うのはむつかしい。自分の姿が恐ろしい。

義姉からの電話では解体業者が土蔵を壊して、もう、いっさいを持ち去ってしまったらしい。

夜の忘れな橋

出雲崎（いずもざき）……。

日本海にふさわしい、美しい地名だ。岩場に立って海を望むと、鈍色（にびいろ）の雲が次々に生まれて、飛んでいく。

テレビ番組の撮影で良寛（りょうかん）の故里を訪ね、弥彦（やひこ）まで足を延ばして泊まった。

「秋ちゃん、新潟まで行こうよ、みんな行くから」

誘われたが、よほど親しい仲間でもなければ旅は一人のほうがいい。男どもとガヤガヤ、ザワザワ行くのは好かない。

「ええ。でも東京に用があるから」

断って一人、弥彦線に乗った。駅は社殿を模してりっぱだが、うれしいほどみごとなローカル線。二両編成の列車。ドアは手で開閉する。窓ぎわに坐（すわ）って、すぐに矢作（やはぎ）という駅があった。

——ああ、サムちゃんね——

脳裏にいつもポツネンと佇んでいる青年の姿が浮かんだ。

サムちゃんの苗字は矢作である。「故郷は長岡だ」と言っていたけれど、

――案外このへんじゃないのかしら――

地方の出身者はときどき嘘を言う。嘘というよりサービスなのかもしれない。少し屈折している。本当に長岡生まれなら、なんの問題もないけれど、その近在の、あまり知られていない土地の生まれだったりすると、付近の大きな町を言う。よくあることだ。サムちゃんにはローカル線の駅がふさわしい。

――おもしろいわね――

地名と苗字には微妙な関わりがあるから、サムちゃんと、この小さな駅とはなにか先祖でつながっているんじゃないのかしら。サムちゃんは窓に映る山野にふさわしい素朴な人柄だった。

それよりもなによりも、思い出すのはサムちゃんという呼び名のほうだ。先輩たちはたいてい「サム」と呼び捨てにしていた。女性たちの中には訛って「サブちゃん」と呼ぶ人もいた。

「農家の三男坊じゃないの？　家は継げないし、仕方なく東京に出て来て」と、これは辛口だが、それに近い事情はあったかもしれない。タケシが本名で、武士と書く。サムちゃんは「サムライのサムだろ」という説もあった。

——武士っていう感じじゃなかったけど——

一番よく言われたのは「いつも作務衣を着てたろ」なのだが、正直なところ「いつも」ではなかった。たまにだった。でも、

——私は作務衣、ね——

最後に贈ったプレゼントもデニムの作務衣……。これは忘れられない。

いずれにせよ。

——サムちゃんは、どう呼ばれても、淡々と応じていたわね——

弥彦線は短く走って燕三条駅に着く。

長い通路を歩き、名産品を並べたショウルームを覗き……ステンレス製の器具が目立ったが、時計を見て上越新幹線のホームへ急ぐ。白い列車が滑り込み、指定の席を探して落ち着くと、もう長岡駅が迫っていた。

今春は暖かい。街にはほとんど雪が残っていない。遠い山並みは、幼いサムちゃんが眺めた風景だろう、きっと……。

——有名じゃないけど、いいとこ、たくさんあるんですよ——

と言っていた。

サムちゃんと初めて会ったのは、劇団の研究生になって間もないころだった。顔と名前は知っていたが、言葉を交わしたのは、鎌倉へ行ったとき。同期生が親睦のためみん

なで近郊の名所を訪ねたのだった。

美術館でキリコの絵の前に立っていると、背後から人の気配が近づいて来て、

「すごいすね」

と言う。千代紙を切ってちりばめたような二人の人物像。色鮮やかな抽象画。

「ええ」

と振り返った。

「なんでしょう？」

「ヘクトルとアンドロマケ」

と絵のタイトルを告げた。

「はあ」

「トロイ戦争かしら」

聞きかじって、ほんの少し知っていた。

「なにしてるのかな」

と見入っている。

「夫が妻に別れを告げているところ。出て行ってアキレスに殺されるのね」

「アキレスって、アキレス腱ですよね」

「ふ、ふ、そうね。そこだけが弱点なんでしょ、アキレスは」

「すごい絵ですね。キリコ、ですか」

記されたジョルジョ・デ・キリコの名を読んで頷いていた。記憶には留めたにちがいない。ずっと後になって、

「これ」

と笑いながら差し出したことがあった。

「なに？」

「鹿児島みやげ」

「ありがとう」

みごとなカットグラス、切子細工だったから……。

鎌倉では、同じ日の夕刻、海岸に出て、私はみんなから離れて波打ち際に立っていたのだが、背後からサムちゃんが走って来て、

「あのうー、タコ焼き、食べませんか」

紙の皿に二、三個を載せて差し出す。遠くの売店でだれかが買ったのだろう。分けあっているみたいだった。

「ありがとう」

せっかくだから一つだけ爪楊枝にさして、見つめる。サムちゃんは売店のほうを向いて、

「日本語、おもしろいですね」

「そう？」

「タコ焼きと、イカ焼きと、タイ焼きと……みんなちがうでしょ」

少なくともタコ焼きとイカ焼きは、赤い札にはっきりと記されて店先に揺れていた。

「ええ」

すぐにはサムちゃんの言葉がわからなかったが、

「タコ焼きはほんの少し蛸が入っているだけだし、イカ焼きは本当に烏賊を焼いてる。タイ焼きは鯛とはなんの関係もない」

「そうね」

馬鹿らしい。

「外国人は大変だ」

言葉には……言葉遊びなんかには関心のある人だった。

それから数年間は、つかず離れずの親しさだった。サムちゃんは背が高い。「男優は背が高くなくちゃいかん」と、しきりに言われていたころである。面ざしも整っている。そして性格は純朴で、よい人柄だ。最後の一つが、もしかしたら俳優に向かないところなのかもしれない。

「サムは単純なんだよな」

「おもしろ味が出ないんだ」

とにかく役者としては、当人いわく、

「日光の一つ手前なんです」

「なに、それ？」

「いまいち」

日光駅の一つ手前が今市(いまいち)駅と知ったのは、あのときだったろう。

私のほうは運に恵まれていた。順調だった。劇団員になって間もなく役がつき、劇団の関係する舞台なら半分を越えてなにかしら演ずるようになった。準主役に抜擢(ばってき)され、女優として次第に認められるようになった。

サムちゃんはよくない。端役すらまわってこない。手先が器用なので大道具、小道具の手伝いをさせられることもあって、

「サム、こっちのほうが向いてんじゃないのか」

「いやあー」

志はやっぱり役者のほうだったろう。真面目に、熱心に稽古に励んでいるのに梲(うだつ)があがらない。

私はこんなサムちゃんをそれとなく見つめていた。人柄はいい。厭(いや)ではなかった。劇団なんてところは、

——人間関係、嫉妬でなりたっているわ——

そう言いたくなってしまう。よい役がつくかつかないか、天と地の差が生じかねない。そんなときサムちゃんに会うと、顔を見て、声を聞くだけでホッとする。

——こんな人もいるんだ——

優しい心になれる。

少しずつサムちゃんと親しくなった。「秋さん」と呼ばれ「なーに」と答えると「好きなんだけど」と無器用な告白を受けた。嘘のように星の流れるロマンチックな夜だった。夜の怪しさが無器用さを尊いものに変えてくれたらしい。

あのころ……私はと言えば、少し前に母を亡くし、父は新しい妻を迎えた。一人娘には優しい父であったが、私と義母との折り合いがむつかしい。義母は私よりたった四歳上、微妙に嫉妬のからむ女である。私が家を出た。女優として一人で生きるにはこのほうが都合がよかった。

青山の狭いアパートで一人暮らし……。サムちゃんが時折ドアを叩いた。私は仕事が第一、でもそれなりにサムちゃんとのひとときも楽しかった。

——長くは続かない——

なぜかしら。漠然とわかっていた。サムちゃんもそう思っていただろう。正直なところ、華やかな道を歩みかけた女と、どこか頼りきれない半端な男の組み合わせだったのだから……。

やがてサムちゃんはアンダースタディ専門みたいになってしまった。一般には聞き慣れない用語かもしれない。英語辞典を引けば〝代役〟と出ているのだろうが、少しちがう。主役などの代わりを務めるのはその通りだが、主役が忙しくて、欠かさずに稽古に出られない場合、ほかのみんなが恙なく稽古ができるよう、そのための補助要員なのだ。台詞も所作もみんな覚え、演出家から、

「なんだ！　下手くそ！」

激怒までされ……だが、本番の舞台に立つことはない。ないに等しい。たまたま主役が急病かなにかで本番に穴を開けることがあれば、文字通り代役を務める可能性があるけれど、役者は滅多に舞台を休んだりはしないものだ。アンダースタディはどんなに努力をしても報いられることのきわめて少ない仕事なのだ。

それでもサムちゃんは手を抜かなかった。懸命に頑張っていた。

そんなころ埼玉の小さな劇場でジロドゥの〈オンディーヌ〉を上演することになり、私は主役のオンディーヌを演ずることになった。〈オンディーヌ〉は童話の人魚姫のようなストーリー。水の妖精オンディーヌが人間に憧れ、娘となって騎士ハンスと恋をし、妻となる。しかしハンスは掟を破った科で死を与えられる。

ハンスを演ずる役者が公演の一週間前に脳梗塞で倒れ、アンダースタディの出番とな

った。サムちゃんは張り切る。稽古のあと、

「最後のところ、ちょっとつきあってよ」

もう夜半を過ぎていた。稽古からの帰り道だった。私のアパートの近くの歩道橋、そこが舞台となった。

サムちゃんが厳かな声で水界の王の宣告を響かせる。

「オンディーヌよ。三度お前の名が呼ばれたらハンスは死ぬ」

「仕方ないのね」

と私が答える。

「ハンスはお前を不幸にした。仕方ない」

「あんなに若くて、美しいのに」

「せめてハンスの死と同時にお前の記憶を奪ってやろう」

「あ、ハンスが来たわ」

サムちゃんが歩道橋のまん中へと歩み寄って来る。私も近づく。

「ぼく、ハンスっていうんだ」

「きれいな名前ね」

「オンディーヌとハンス。この世にこんないい名前ってないね」

「でなかったらハンスとオンディーヌ」

「いや、オンディーヌが先だ。ハンスはオンディーヌの望み通りにふるまったんだ」

遠くから……サムちゃんが声を空に向けて、

「オンディーヌ」

第一の声が響く。オンディーヌとハンスは出会いのころのくさぐさを語りあう。そして次第に齟齬（そご）が生ずる。人間の醜さがあらわになる。でも、

「愛しているわ、ハンス」

「愛しているよ、オンディーヌ」

「ごめんなさいね」

「なにを謝っているんだ」

するとと第二の声が、

「オンディーヌ」

ふたたび饒舌（じょうぜつ）に語りあい、

「さよなら、ハンス」

「どうして？　オンディーヌ」

「なにか言って。キスをして」

「どっちなんだ、オンディーヌ、話をするのか、キスをするのか」

第三の声が夜に響いて、

「オンディーヌ」

サムちゃんがよろめき、倒れる。

「大変、だれか来て。だれか……」

叫びながら足もとにうずくまるサムちゃんを見つめ、

「だれなの、この人？」

水界の王の声が、

「ハンスっていうんだ」

「まあ、いい名前。動かないけど、なにをしてるの？」

「死んでいるんだ。さあ、行こう」

「あたし、この人、好きだわ。生き返らせてはやれないの」

「駄目だ」

「惜しいわ。あたし、きっと好きになったのに」

ここで幕が下りるはず……。

「わるくない」

「ええ」

だれかが歩道橋を上ってくる。二人で肩を寄せ、顔を隠すように抱きあったはずだ。

「これ、忘れな橋って言うらしい」

「忘れな橋？　忘れないのね」

「今夜は忘れられないな」

しかし、その翌日にはサムちゃんのアンダースタディは本番の舞台から外されていた。それまでまったく関わりのなかった他の劇団の男優がハンスとなって登場した。オンディーヌは、そんなことに強く拘ってはいられない。みずからの役割をまっとうすることが大切だ。相手がどうあろうと、自分を守って戦う。それが舞台という戦場なのだ。

そして初日を終え……二日目の夜にサムちゃんは姿を消した。「実家のほうでトラブルがあって」と短いメモだけがマネジャーから手渡された。私はただひたすら舞台に夢中だった。

またたくまに月日が流れた。サムちゃんとの交流は途絶えた。いや、短い手紙だけはもらい受けたが、会うことはなかった。もちろん心残りがなかったわけではない。

ただ私のほうも父が亡くなり、トラブルが重なった。それ以上に次の舞台が忙しかった。厳しかった。三十歳を越え、自分の人生について、

――普通の女にはなれないわ――

どこまでやれるかわからないけれどとにかく舞台に生きることを決めていた。意志を強く持たなければいけない。思い返してみればサムちゃんとの交友は、

——ままごとのような恋——

恋という言葉を使うことさえためらわれるような仲だった。

——サムちゃんは本気だったかもしれないけれど——

一年たってサムちゃんは「人形劇をやってます。性に合ってます」と伝えてよこした。〈セロ弾きのゴーシュ〉を繰っているらしい。

——向いてるかも——

友の安寧を祈った。

それからまた一年あまりがたち私は大役を演じていた。劇団が〝アヌイ・ルネッサンス〟と銘打って、いっとき人気を集めたジャン・アヌイのドラマをレパートリーに掲げて連続興行を打っていた。私は〈アンチゴーヌ〉のヒロイン。幕が開くと、舞台の隅にしょんぼりと坐っている。しょんぼりと坐っているけれど、存在感はものすごく必要だ。ひとめで観客に訴える存在でなくてはいけない。狂言まわしが進み出て登場人物を紹介する。

「ご覧の通りです。この人物たちがみなさんにアンチゴーヌの物語を演じてお見せいたします。アンチゴーヌというのは、あそこに黙り込んで坐っている娘です。痩せこけた陰気な少女です。彼女は、今、考えています。アンチゴーヌになろうとしているのです。人づきあいのわるい、家族からもうとまれているおかしな娘です……」

目立たない少女が国家の大事に関わり、このドラマのヒロインになろうとしている……それを考えている。

——すてきね——

このドラマの白眉と言ってよいだろう。と言うより、かよわい少女がみずからの人生を〝選んで〟強く生きていく、というアヌイのパンセを具現しているのだ。入念に思案し、稽古を積んで毎日の舞台に立った。アンチゴーヌを選び続けた。そして舞台は初日から好評だった。

二日目か、三日目に、珍しくサムちゃんからの手紙が届いた。住所を変えていたので劇場にまわされてきたのだろう。〈アンチゴーヌ〉の主演を短く祝い、そのあと唐突に〝お電話をください。あなたの声が命です〟と記されていた。

しかし、忘れた。舞台に夢中だった。手紙そのものもどこへ放ってしまったのか……。

成功裡に公演を終え、打ちあげの会合のさなかに、ふと、

——サムちゃんからの手紙——

と思い出し、とたんに鈍色の気配を感じた。

——ただごとではないかもしれない——

酒席を抜け出し、公衆電話までたどりついたが、なんと！　電話番号がわからない。

手紙には、〝前のアパートにいます〟と書いてあった、と思う。ならば電話番号もきっ

と同じだろう。なのに思い出せない。うろ覚えの番号にかけたが、使われていなかった。

会合の終わりが近づくのを待ってタクシーを走らせた。二、三度訪ねたことがあった。大崎だから、そう遠くはない。細い路地を挟んで古い家並みがうずくまっている。その中の一つ、鉄の階段を上って二階の一番奥の部屋……。

ノックをした。答はない。ドアを押した。なんの抵抗もなくすぐに開いた。ぼんやりと灯りがともっていた。

「サムちゃん、来たわよ」

小さく声をかけた。

二間続き……。仕切りの襖が開いていた。その奥に、大きな人形が揺れていた。作務衣のまま、首を長くして……。

気を失った。

それからのことは、よく覚えていない。思い出せない。思い出したくもない。数日後の葬儀にも出席しなかった。

しばらくは自責の念が消えなかった。

──なぜ電話番号を忘れたのか──

翌日には思い出したのに。それにしても、

──電話番号を忘れることが、これほどの科になるのかしら──

死の理由はほかにもいろいろあったらしい。それでも命を一つ、背負わされたような思いは消えなかった。思い出すときは、サムちゃんと過ごしたよい時間を思い起こすことに努めた。

列車が高崎に停(と)まり熊谷(くまがや)を走り抜けたのも知らない。少し眠ったのかもしれない。よい夢を見たかもしれない。

「秋ちゃん、もう着くよ。同じ列車だったんだね」

出雲崎の撮影に同行した仲間が一人、背後から声をかけてくれた。上越新幹線は上野駅を出て東京駅のホームへ滑り込んでいた。

赤い車両の地下鉄に乗って六つ目の駅へ。ビルの谷間が深い。マンションのエレベーターを出て部屋の鍵を開け、

「ただいま」

だれもいない、まっ暗な部屋に声をかけ、旅の荷物を置いた。新聞と郵便物を抱える。テレビをつけ、留守番電話の録音を確かめ、一息をついた。留守中にたまった雑務……。

柱時計が十時を過ぎるのを見て、

――お酒、飲もうかしら――

明日はなんの仕事もない。お腹(なか)も少しすいていた。近所に時折足を運ぶ居酒屋がある。女一人でも気軽に通えるカウンター割烹(かっぽう)の店である。セーターの上に厚いコートを羽おる。マンションの裏口から歩道橋を渡れば近い。

「こんばんは」

「あ、いらっしゃい」

先客が三人。グループらしい。店主の勧めるまま一番奥の席に腰をおろした。

「暖かいわね」

「このまま春ですかね」

「もう一回くらい寒くなるのかしら」

「なんにしましょう?」

「お酒。常温で」

「はい」

ガラスの銚子(ちょうし)にガラスの盃(さかずき)。

――これが出てくるの――

切子のグラス。今日の日にふさわしいのか、うとましいのか。首をふって連想を遠ざけて盃だけを見つめる。わるい細工ではない。紫の幾何学模様が少しゆがんでいるのは手細工のせいだろう。機械を使った正確さよりかえっておもしろい。

店主は三人の客の相手をしている。カウンターの隅で独り黙って盃を満たし口に運んだ。やがて三人の客が立ち去る。周囲の気配が微妙に怪しく、懐かしい。

——なにが懐かしいのかしら——

わからない。少し酔っている。今、これと言って思い出すことがあるわけではない。過去なのか、もしかしたら未来かもしれない。時間を貫いて心の隅に、あえかに懐かしいものが蠢いている。快いのかもしれない。

すると思案が急に近しい出来事に戻って、

——よかった——

先日終わった公演は大成功だった。

——中成功くらいかしら——

テネシー・ウィリアムズのドラマ。一週間続いて観客の入りは上々、いくつかの劇評もわるくなかった。今回は三、四番手の役どころだから、大きく取りあげられることはなかったが〝田村秋乃の演技が円熟〟などと、一つ、二つ触れられていた。どんな言葉でも褒められるのはうれしい。

玉すだれが揺れて、店主が顔を出す。

「すみません。お酒、ありますか」

「ええ、まだ」

残りをゆっくりと飲みたい。時計を見て、

「もう閉店ね」

二本の針が細いV字を描いている。

「いえ、どうぞ、どうぞ」

と前に立つ。

常連とは言えまいが、一応は馴染(なじ)みの店だ。四、五年は通っている。店主が穏やかで、料理がおいしい。更けると、客が少なく、女客は落ち着ける。

「しばらくお休みですか」

店主は私のスケジュールを知っているわけではあるまいが、店に来るのは公演のあと、次の仕事が始まる前、あいまのひとときと見抜いているらしい。今夜もその通りだ。

「ええ、来月まで」

テレビの仕事など、小さい仕事はあるけれど……。

店主はまな板を洗いながら、ふと思い出したように、

「昼のテレビで水口さんのこと、いろいろやってましたけど……」

「あ、そう」

水口照美はテレビで人気を集めている女優だ。秋乃とほぼ同じ年齢。同じ舞台に立っ

たこともある。このところ、十歳も年下の男優と仲よくなって、しきりに話題になっているようだ。

「ああいうこと、はたでとやかく言うこと、ないと思いますがね」

もちろんその通りだと思う。いい大人がだれを好きになろうと、そんなこと他人がつべこべ述べる必要はあるまい。

——不倫の恋だって——

あってもよいだろう。結婚制度は人間にとって真実必要な、結構なものだと考えるけれど、百パーセントよいものではあるまい。せいぜい六十パーセントくらい……。どこかに風穴が開いていなければ、人生がうまく運べるはずがない。

——そう、風穴ね——

ことを荒立てず、適当に扱う。大人の知恵というものだ。だから、

「ええ、そう、ね」

軽く頷いた。

「いかがですか。ご自身は？」

この店主にしては珍しい。こんな質問を客に呟くのは……。なにかしら今夜は空気がちがう。

「そうねえ」

たった一人の客なのに、わざわざ和風のブイヤベースを作ってくれた。とてもおいしかった。

――お礼に少しサービスしようかしら――

蠢いたが、適当な話なんかありゃしない。

「もう卒業ですか」

と笑う。

「好きな人が現われれば、いつだって……」

半分本心、半分嘘。小皿に載ったシシャモが目を上げて睨んでいる。

「いるでしょう、いくらでも」

「簡単じゃないわね。やるんなら本気じゃなきゃ、つまんないし、夢中になったら毎日が大変じゃない。今のまんまでいいわ。結構楽しくやっていますから。惚れたの、はれたのって四六時中ドキドキしてたら、体が持たないわ。お芝居だけでたくさん」

「ああ、お芝居は多いですからね」

「ええ」

けっして恋多き女ではなかった。ほんの二つ、三つ。

――サムちゃんが一番深いのかしら――

一番心に残っている。でも芝居なら、

――本当にいくつ演じたかわからない――

でも、なんとなくこの話題は避けたい。小皿に箸を伸ばして、

「これ、茗荷（みょうが）？　今が旬なの？　シャキシャキして、おいしい」

胡瓜（きゅうり）としらすを酢であえて……。

「温室栽培ですがね。酔ったときはサッパリして、いいでしょ」

香りまでおいしい。

「でも……」

「はい？」

「茗荷って、もの忘れするんでしょ？　私、好きだからモリモリ食べちゃうけど」

店主は片頬でうれしそうに笑った。

「落語でしょ」

「あら、そうなの」

「宿屋のお客がお金を帳場に預けたんで、宿屋の主人がそれを忘れさせようと、たっぷり茗荷を食べさせるんですよ。そしたら、お客は預けたお金は忘れないで、宿賃を払うのを忘れちゃう、確か、そんな話ですよ」

「おかしいわね」

さりげなく呟いたが、

——あのころ、私、よく食べてたから——

それでサムちゃんの電話番号を忘れてしまったのかしら……。忙しさもあってか、もの忘れが多かった。

「落語はおもしろいですよ、いろいろと」

「でも本当に忘れるの？　茗荷を食べると」

「さあ、どうでしょう。むしろ口の中がさわやかになって、脳味噌が刺激されて、記憶がよくなるんじゃないですか」

「そうねえ」

「このあいだ歯医者さんへ行って……口腔医学って言うんですか、口の中のこと」

「ええ？」

眼を上げたまま、また茗荷のあえものに箸を伸ばした。

「このごろそれが進歩して、口の中って意外と脳味噌と関わりが深いみたいですよ」

「あ、そうなの」

「奥歯の痛みが脳味噌の血管の異常だったりして……」

「ふーん」

茗荷が口の奥に染みる。

「だから忘れるんじゃなく……」

「逆によく思い出したりして……」

　今夜の刺激はさわやかで……脳にきつい。

「ときどき思い出して、ご来店ください」

「そうね。ありがと。お会計を」

「はい」

　支払って外へ出た。

　人通りが……ない。もともと寂しい道ではあるけれど。車まで通らない。裏道へ入り込んだ。確かに、確かに、

――忘れていたことが戻ってくる――

　気のせいかもしれない。静寂のせいなのかもしれない。歩道橋の階段を踏んだ。ビルの谷が深い。突然……夜空の遠くから……。ビルの上から……。

「オンディーヌ」

　声が聞こえた。はっきりと思い出した。三度この呼び声を聞いたら、一つの過去を忘れるのだ。忘れるまでは鮮明に思い出すのだ。

　階段を上りきると……そこは舞台だ。

「あ、ハンスが来たわ」

「ぼく、ハンスっていうんだ」

「きれいな名前ね」

「オンディーヌとハンス。この世にこんないい名前ってないね」

「でなかったらハンスとオンディーヌ」

「いや、オンディーヌが先だ。ハンスはオンディーヌの望み通りにふるまったんだ」

するとと歩道橋の下を抜ける道の奥から、

「オンディーヌ」

ドラマが脳裏に進んでいく。

「愛しているわ、ハンス」

「愛しているよ、オンディーヌ」

「ごめんなさいね」

「なにを謝っているんだ」

歩道橋の向こうの階段を……だれかが上って来る。ぎこちない足取りで……影のように黒く……。見つめるうちに、

――繰り人形かしら――

人形芝居の人形のように。大きな、等身大の人形のように。揺れながら、ユルユルと足を踏みながら……。

自動車のライトが光り、橋のほうへと走り寄ってくる。これが舞台を照らすライトな

ら、

――私は上手(かみて)に立っている――

黒い影が階段を上りきって下手(しもて)に現われた。奇妙な動作で近づいてくる。怖い。でも、

――サムちゃん――

いつかと同じように。作務衣をまとって、ただ揺れていて……。

「ごめんなさいね」

「なにを謝っているんだ。あなたはなにもわるくない」

「でも……」

「すてきな思い出だった」

「でも……」

遮るように、

「オンディーヌ」

はっきりと夜の漏らす声が聞こえた。三度目の呼び声……。すると人影は……人形は
どこにもいない。

「だれなの、今の人影？」

「ハンスっていうんだ」

「まあ、いい名前。いなくなっちゃったけど、どうしたの？」

「消えたんだ。さあ、帰りなさい」

「あたし、気がかりだわ。好きになったかもしれないのに」

下手の階段をゆっくりと降りた。すぐにマンションの裏口へと続く。

エレベーターに乗り込み、三階で降りて、

「ただいま」

灯りをつけたままの室内に声をかけた。

洲崎まで

快晴。薄曇りの空に春の気配が溢(あふ)れて、充分に暖かそうだ。

——行ってみよう——

五年も、十年も前から夢想していたことだ。今日を逃したら、もう行くことはあるまい。

セーターを被(かぶ)り、ジャンパーを羽おった。エレベーターを降り、自動ドアを抜けて表通りに出た。タクシーを拾って駅へ……。

ちょうどよい電車があった。窓側の席に坐(すわ)って、ぼんやりと、外に流れる景色を眺めた。市街地が工業地帯に変わり、時折、青い海がかいま見えた。いつのまにか眠ってしまった。

近くで東北弁を聞いたような気がする。祖母の姿が浮かんだ。祖母は仙台の生まれで、いつもズーズー弁を話していた。いっときは一緒に暮らしていた。私は小学生、ずいぶんと昔のことである。

祖母はみんなが集まる居間の、長火鉢の脇に坐り、黙って周囲を見つめていた。ポツンと、なにかを考えているような姿が多かった。

昼さがり、廊下越しに庭を眺めていたが、ふと植木の奥を覗(のぞ)くような身ぶりをして、

「道雄、そこにいるのすか」

と、東北弁が聞こえる。聞いた者は驚く。

道雄というのは祖母の息子で、私の伯父だが、すでに死んでいたのだから……。

しかし祖母は少しも驚かず、そのまんま庭を見ている。

「転ぶなよ」

と気遣っている。祖母の眼(め)には、伯父が繁(しげ)みの中でなにか仕事をしているのが見えるらしい。

実を言えば、この光景を私自身が本当に見たのかどうか、疑わしい。見たような気もするが、わからない。でも記憶には残っている。

セーラー服姿の姉貴が話してくれたのは確かだし、あのころの祖母なら充分にありそうな出来事だった。

「お祖母(ばあ)ちゃんは、伯父ちゃんのこと、ちゃんと見てるのよ」

と、中学生の姉貴はしたり顔だった。

「だって……」

「見えるのよ。話だって、できるのよ。声をかけたりして」

「怖いじゃないか」

「どうして？」

「だって、伯父ちゃんは、死んでるんだもん」

　幽霊は怖いにきまっている。

「生きてる人には怖いかもよ。でも、死んでる人は、みんなまわりは死んでる人でしょ、あの世では」

「でも、お祖母ちゃんは……」

　生きてる人じゃないか。

「そこがちがうのよ」

　姉貴はたじろがない。

「うん？」

「生きてるのと、死んでるのと、大ちがいよね」

「大ちがいだろ？」

　当たり前過ぎるほど当たり前のことだ。

「普通はそうだけど、生きてるのと、死んでるのと、その中間もあるのよ。年を取ると、そこが曖昧になるのね。少しずつ死んでくの。生きてるけど、半分死んでるの」

「お祖母ちゃんが、そうなの？」

「きっとそうね。だから庭の奥や廊下の隅に伯父ちゃんが現われたって、ちっとも不思議じゃないのね。〝道雄、そこにいるのすか〟てなもんよ」

「ふーん」

もしかしたら姉貴はものすごいことを言ったのかもしれない。生と死はずーっとつながっていて、少しずつ死んでいく、なんて……。

だから、これを話しあったのは、もっと後のこと、大人になってからのこと……。中学生の理屈ではないような気がする。

でも、言われて、

――それも、あるな――

私も大学生くらいになっていたのではあるまいか。このごろは、昔のことを思い出すのが、つらい。よく覚えていることもあるけれど、いつのことか、だれが言ったか、前後の事情があやしいことがよくある。あって、あって、あり過ぎる。頭が弱っているのだ。

それにしても、昔はただの〝へんな理屈〟だと思い、

――まあ、お祖母ちゃんは、そんな感じだったもんな――

と軽く納得しただけだったけれど、昨今は、

——本当かもしれない——

他人事(ひとごと)ではなく、実感するときがある。

——生と死は、そうきっかり分かれているわけじゃないんだ——

中間の状態があるのだ。それが見え隠れしたりする。

とはいえ、これを信ずる人が多くなると……本当にそうだとすると、

——世の中、混乱するよなあ——

心配をせずにはいられない。たいていのことが〝死んだら終わり〟のはずだ。そう決められているんだ。中間があったりすると、医者も弁護士も坊さんも、みんな困る。

——姉貴はどう思っていたのかな——

姉貴は私より頭がよく、学校の成績もつねにトップ・クラス、心理学を専攻して、いろんなことをよく知っていた。よく教えてくれた。そう言えば、

「死んだ人のこと、よく思い出してあげればいいのよ。そうすれば、その人、半分生き返るのね」

これは〝生と死の中間がある〟という理屈と関係があるのかどうか。

「うん？」

「だから偲(しの)ぶ会をやったり、伝記を書いたり、いろいろするのね。お経をあげるのだって、その一つかもしれないわよ。みんなで集まって思い出して……」

「うん」

「早い話、外国へ行ったっきり、ぜんぜん帰って来ない人、いるじゃない。みんなで〝あの人、どうしてるかな〟って話してるときは、そばにはいないけど、いるのよね。あれとおんなし。死んだ人も、みんなで話しあってあげれば、そのときは生きてるのね」

「ふーん」

確かあれは母が死んだときだったろう。姉貴は、いろいろと母のことを話してくれた。母がそばにいるように感じられないこともなかった。

――お袋はまだ少し生きているんだ――

こう考えれば悲しみが少し薄くなる。

「病人だって少しずつ死んでいくのね。中間状態があるのよ」

「なるほど」

と頷いたはずだ。

独り頷いたとたん、カタン、と電車が停まった。窓の外を見て、

――あ、この駅だ――

あわてて席を立って降りた。知らない駅である。人の群れを追って進み、改札を抜け

た。駅ビルを出ると空が青く、高く広がっている。

——少し歩いてみるか——

知らない街だが、このごろはどの街もみんな似ている。ロータリーにバスが停まり、駅前通りが延びて両側にコンビニやファストフードの店、それから不動産屋が一つ、二つ。海の匂いが鼻をくすぐる。

「海はさんずいに母でしょ」

と、またしても姉貴の声が聞こえる。

「うん？」

旁のほうに余計なものがついているけれど、確かに海の中には母がいる。

「だから、みんな母から生まれて最後は海へ行くのね」

なにかで見た風景……。死んだ人を海へ流す風俗はつきづきしい。

「うん」

生きとし生けるものは、最後はみんな海へ向かうのかもしれない。

少し歩くと、海より先に川へ出た。橋を渡ろうとすると、足元に虫の死骸が転がっている。前足で頭を抱えるようにして死んでいる。それを見捨てて、そのまま橋の中ごろまで……。欄干越しに水の流れに眼をやった。

——鼠がもがいていたなあ——

これも昔のことである。首に魚串を刺されたまま必死になって泳いでいた。水辺の土管に逃げ込もうとしても魚串が邪魔をして入れない。また水の中に落ちてしまう。

——あのまま泳ぎ疲れて死んだな——

それにしても、

——どこの川だったろう——

子どものころ……。しかし近所にそんな川はなかった。

すると、女の子の声を聞いた。少し向こう。川岸の椿(つばき)の森の下で女の子が本を読んでいる。声を出して……朗読の練習をやっているみたい。私は石を拾って投げた。石は川面(かわも)に落ちてポチャンと鳴る。

女の子が眼を上げる。眼と眼が合った。じっとこっちを見ている。

——知った子だろうか——

このあたりに知った顔のあろうはずがない。でも、なんだか懐かしい。私はこの少女を探してここへ来たのかもしれない。

女の子は立ち上がり……なんだかもっと成熟した女(ひと)のようにも見えたが、頭を下げ、お辞儀をしたかと思うと、椿の中に消えて行った。

私は後を追った。が、もう姿はない。

——きれいな女だったなあ——

眼ざしが美しかった。きっと見張る眼ざしに覚えがあった。

――絹子に似ている――

美少女の面影が浮かんでくる。これを忘れてはなるまい。私は絹子を求めて、この街へ来たのだから……。

たったいま聞いた朗読の声、これはよく覚えている。

――人の声は変わらないって言うけれど――

声は茶色い教室に広がり、ガラス窓に響いて、甘い匂いが鼻を刺す。

あのときは、小学六年生だった。あれが始まりだった。担任のイタチが……板澤という名前だったが、
男生徒には乱暴に言う。

「志賀、お前、読め」

学年の朗読会があって、そこで読むよう命じられたのだ。怪訝な顔を向けると、イタチは含み笑いを浮かべて、

「当然だろ。女子は木下さん、だな、やっぱり」

と独り頷いている。絹子の苗字は木下さん、みんなが〝キキ〟と呼んでいた。

――これは、うれしい――

絹子と一緒に舞台に立つなんて……夢ではないぞ、本当にあったことだ。放課後にイ

タチに呼ばれて何度か稽古をした。

木下絹子は五年生のときに転校して来た。そして私の席の隣に坐った。どう考えてみても、

——クラスで一番かわいらしい——

と思ったのに、ほかの男生徒はあんまり気にかけていなかったみたい……。すてき過ぎてビビっていたのかもしれない。もちろん私も気安く声なんかかけられない。ただ、

——いいな——

そっと見つめているだけだった。

ところが絹子のほうから「ノサ言葉、教えて。志賀さん、うまいんでしょ」と誘われたのだ。

——そうなんだ——

はっきりと思い出した。

ノサ言葉……。ずーっと忘れていた。どう説明したらいいのか。正体不明の言語である。言語というより言葉遊びの一つだろう。正直なところ、

——日本人の中で、どのくらいが知っているのか——

多くはあるまい。職場で話して笑われたことがある。ほとんどの人が知らない。しかし昭和のひととき、私の通った小学校で、その付近で、まったくはやり風邪みたくに広

がっていたのだ。これを話せないと仲間外れにされてしまう。もーれつに、はやって、はやって、それから一、二年で消えてしまった。

——あれはなんだったのかな——

姉貴に言わせれば、サブカルチャーとして……「子どもたちに関わるサブカルチャーとして少しは注目されてよい現象じゃなかったのかしら」なのだ。その後これを調査した人の話も聞かない。

中身は他愛(たわい)ない。なぜそんなことをするのか、見当もつかない言葉遊びなのだ。一例を挙げれば、

「きノサのう、わノサたし、がノサっこうへ、いノサったのよ」

である。〝きのう、私、学校へ行ったのよ〟を、こう呟(つぶや)くのだ。つまり文節の……言葉の一くぎりの、最初の音の後に〝ノサ〟を入れて挟むのである。

「つノサうしんぼ、どノサうだった？」

「おノサれ？　いノサいわけねえだろ。おノサまえ、よノサかったな」

と会話をするのである。

私はおとなしかった。成績も特によくはなかったし、クラスで目立つようなことはしない、できない。ただ国語は好きで、滑舌はわるくなかった。ノサ言葉はたちまち覚えて熟達し、どんな会話でも、どんなものを読まされても、歌わされても、うまくこなし

た。なんの役にも立たないが「うまい」と言われれば、そうだったろう。絹子はそれを頼りにしたのだろうが、

——あんなこと——

ことさらに習うほどのものではあるまい。少し試してみれば、だれでも簡単にできる。子ども心にも不思議に思ったが、

——あれは絹子が私と仲よくなりたかったから、かもしれない——

ずっと後になって気づいた。絹子は積極的なタイプで、転校生として隅に縮こまっているのは厭だったろう。

——私は好かれたんだ——

後々のことを考えれば、これは本気で信じてもよいだろう。信じなければ、いけない。

——今日は、そのためにここへ来たんじゃないか。そうだろ——

思案がなんだかぼやけている。時間を戻そう。

私はうれしかったから一生懸命に教えた。相手はすぐにうまくなったが、わざとまちがえる工夫もあったような気もする。そのあとがイタチの命令だ。朗読を一緒にやって、夢のような日々が……そう何日かあったんだ。

——まさか夢だったのではあるまいな——

ともすると、夢と現実が混ざってしまう。

が、いずれにせよ、間もなく小学校は修了して絹子と会うこともなく、楽しい日々は消えてしまった。

再会したのは……ずっと後のこと、三十年ほどたってからだ。私は都庁に勤め、後年は都内の学校や文化施設に出向して、もっぱら庶務を担当した。結婚もせず、女性関係も乏しく、波風の立たない半生だった。

だから……あれは、

――まだ新宿に勤めていたころ――

四十歳を過ぎていただろう。いや、それよりもなによりも大怪我をする前のことだ。急に小学校の同級会が催され、三十人ほどが集まった。すると、その中に絹子の顔があった。どういう連絡が行ったのか、女生徒たちも〝来るはずがない〟と考えていたらしい。私だけが、

――もしかしたら――

と願い、ノサ言葉や朗読のことなどを思い出していた。会場で配られた名簿には絹子の住所も電話番号も空欄のままだった。出席した絹子は、

「たまたま聞いたから」

と多くは語らない。

かわいらしさが美しさに変わっていた。あい変わらずすてきだ。だが、みんなが距離を置いている。私だけが、ことさらに親しく接した。会は後半、立食に変わり、すると絹子は飲み物を片手に、

「志賀さん、一緒に朗読やったわね。覚えてる？」

「もちろん」

「楽しかったわ」

「うん。楽しかった」

「志賀直哉（なおや）の小説をやさしく書き替えたテキストだったでしょ」

「あ、そうだったっけ」

覚えているような、覚えていないような……。

「だから志賀さん、あなただったのよ。イタチがそう言ってたじゃない」

「あ、そうか。で、木下さんは？」

なぜ選ばれたのか。

「私はキキでしょ」

「うん？」

「みんなに〝きノサき〟って呼ばれてたわ」

「うん……」

「〈城の崎にて〉って小説だったでしょ」

「うん」

わかったような、わからないような……。確か小説のタイトルはそうだった。

「ノサ言葉よ。あなた、親切に教えてくれたじゃない」

「あ、そうか」

これはよく覚えてる。

「そノサうよ。おノサもしろかったわ」

「うノサん。たノサのしかった」

と、戸惑いながら答えたとき、横から、

「お、ご両人、仲がいいね」

割り込んで来た奴がいて、会話が途絶えてしまった。

中じめより前に、いつのまにか絹子は姿を消し、私は散会のあと、しばらく旧友たちと親しんだ。

そして九時ごろに地下鉄の新橋駅へ向かった。道すがら絹子のことを考えていただろう。少し酔ってはいただろう。改札を抜けようとして、

「あら」

絹子がいた。

「どうして」

　夢ではあるまいか。

「ええ。ちょっと仕事で……会う人がいて」

　絹子は千葉県の、花いっぱいの海辺で喫茶店を経営しており、「なんとか順調」とか。東京で仕事があり、ついでに同級会に顔を出した、と、そんな事情らしかった。

「あ、そう」

　改札の前まで来て、

「独りよね、志賀さん？」

「うん。みんなはまだ飲んでたけど、一人で、お先に……」

「ううん。独りなんでしょ。独身なんでしょ」

「あはは、そうだよ」

「ご飯、食べません？　パーティじゃなんにも食べられなくて」

「いいけど」

「今日は、私、東京泊まりなの」

「あ、そうなんだ」

　私も小腹がすいていた。すいていなくても、すいている。表通りを歩き、細い路地の寿司屋へ入った。

「日本酒、おいしいわね」

　飲める口らしい。

「日本酒が好きなんだ」

「お寿司にはやっぱり」

　二合ほど飲んだろうか。とてもいい気分、本当に夢見心地というやつだ。絹子は頰を薔薇色にして、

「もう少し、駄目？　知ったバーがあるの」

「いいよ」

　また表通りから路地へ入って、老年のバーテンダーがシェイカーを振るバーに案内された。

「私は水割を」

「私はブラディ・マリー」

「なに、それ」

「トマト・ジュースとウォツカ。悪酔いしないわ」

　乾盃のあと、

「あなたも……独り、だよな」

「そうよ。ばつ一だけど」

「お子さんは？」

「ないわよ。気ままにやってるの」

夜は静かに更けた。二人は言葉少なだった。外に出ると、街は灰色によどんでいた。

手を握り合い、

「ホテルまで送ってくださいな」

「いいよ」

流れるような成行きだった。私はこんなことに慣れているわけではない。タクシーの中で肩を寄せ合った。

――本当のことだろうか――

頬をつねりたいほどだった。揺れ動く肩を抱いて部屋へたどりついた。

――人生にはこんなこともあるんだ――

小さな部屋に大きなベッド。ベッドだけが部屋を満たしている。わけもなく面映ゆい。

――部屋の様子が下心を見抜いている――

ほかになんの目的もないみたいに……。それはその通りなのだが、こんな思案自体、あとで思ったことだろう。あのときは気もそぞろだった。

テレビをつけ、狭いスペースに丸椅子が一つ、絹子はベッドに坐っている。なにを話したか……短い会話だったろう。

「ちょっと、バス、使うわ」

「うん」

水の音、テレビのニュース、バスルームのドアが開く。白いバスローブの胸元が眩(まぶ)しい。

「あなたは?」

「じゃあ、シャワーだけ」

手早く体を拭い、バスローブをまとってドアを押すと、室内はすでに薄暗く変わっていた。

唇を合わせた。掌(てのひら)が滑り、指先が溶けた。女体は狂い、私も戸惑いの中で狂った。もう一度、

——こんなこともあるんだ——

安らぎが戻り、天井が低かった。黙っているのがつらかった。

「どこに住んでるの?」

「千葉の先っぽ。館山(たてやま)よ」

確かそう言った。

「花いっぱいの海辺で、喫茶店とか」

「そう。楽しいわよ」

絹子は弾む声で仕事の楽しさを語った。苦しさもそえた。私の脳裏に、海に臨んだ花いっぱいのコーヒー・テラスが映った。

「いいね」

役所の仕事は無味乾燥だ。

「よいことばかりじゃないわ。お金が大変で……」

「うん？」

今日は金策のため東京へ出て来たのだと言う。

「あちこち駆けまわって」

「そりゃ大変だ」

絹子は一息ついてから、

「少し助けていただけないかしら」

と手を握った。

「えっ」

「急場のお金が必要で……」

「私に？」

「駄目かしら」

一瞬、

――これは、まずい――

と怪しんだ。しかし、

――絹子はわるい人じゃない――

この確信があった。子どものときからまっすぐで、明るい人柄だった。邪心のある人には思えない。それに……めくるめく歓喜のあとでは、なにかお礼をしたかった。それが友愛の証(あか)しだろう。

「どのくらい?」

「どのくらいでも、いいの」

頭の中で預金通帳の金額を探った。四十代の独り暮らし。ボーナスなんかもあまり手をつけない。

「俺にできることなんか……」

「本当に急場しのぎで……もちろんきちんとお返しします。少しでも助かるの」

「五十くらいなら」

「そんなに? うれしいわ」

「急ぐんだろ」

「ええ」

手筈(てはず)が浮かんだ。

「今日泊まるんなら……明日、お昼くらいなら、どう？」

「本当に？」

「明日の昼、どこにいる？」

絹子も思案をめぐらす。

「東京駅ね。十二時ごろでよろしい？　あんまり時間がないの、勝手ですけど……」

「いいよ、東京駅なら。私もそんなに時間がない。どこにしようか」

たまたま有楽町に仕事があった。

「京葉線のホーム。色気ないわね」

「忙しいんだ？」

「すみません」

「何時？」

「十二時五十五分の特急があるから。十二時半に。ホームの前のほう」

「わかった」

「ごめんなさいね。でも本当に困ってるの。助かるわ。来月にはきっと……」

「それは、まあ。また会おう」

「うれしいわ」

絹子は白い肌を寄せた。

めくるめく夜は今後もきっとあるだろう。そのためなら惜しくはない。明日午前中に銀行へ行き、正午過ぎに東京駅へ向かえばいい。その旨を柔らかな乳房に伝えた。

「かノサんしゃ、かノサんげき」

乳房が微笑(ほほえ)んでいる。

「えっ」

「あノサりがとう、ごノサざいます、ね」

「なノサつかしいね」

と答えた。

そのままもう一度抱きあい、そしてこの夜は別れた。

翌日、絹子は約束の時間に少し遅れて現われた。息せききって駆け込んで来た。

「ごめんなさい」

もう電車の出発時間が近い。

「少ないけど」

紙袋を手渡した。

「そんなあ。助かります。本当にありがとうございます」

絹子は電車に乗り込んでデッキに立つ。私はホームで見送る。

「電話番号を。連絡したいから」

「ええ。私のほうから連絡します」

「住んでるのは……」

「館山よ」

「館山のどこ？　住所は？」

しかし人の群れが私の声を消したのかもしれない。絹子は首を傾げる。聞こえなかったのかもしれない。

「志賀さん」

「なに？」

「すのさきよ」

と呟いたとき閉じるドアが声を切った。確かにそう聞こえた。デッキの窓の向こうで頭を下げている。私も頭を下げ、動き出した電車を追った。窓はすぐに遠ざかり、四角い最後部がどんどん小さくなった。

——どういうことかな——

ほんの少し釈然としないものが残った。ホームをエスカレーターのほうへ歩いて、

——ま、これでいいのだ、なのだ——

漫画のように独りごちた。連想が飛躍して急に、

——そうか、〈きのさき〉って小説だった。〈城の崎にて〉だったな。絹子と二人で読

んだのは――

絹子はキキって呼ばれ、ノサ言葉では〝きノサき〟って言われていたんだ。少しずつ思い出す。頭の中にストーリーが断片となって浮かんでくる。そんな幼い日の親しさが昨夜(ゆうべ)の歓喜につながっているんだ。

――じノサんせい、わノサからない――

事実は事実として認めながらも、あまりのすばらしさに夢うつつ、何度も思い出さないと実感が薄れてしまいそうだった。

連絡はすぐに来るものと予測していた。が、いっこうに音沙汰がない。一週間がたち、十日が過ぎ、二週間が流れた。朝も、昼も、夜も、自宅でも、職場でも、電話の来るのを待った。こちらの住所や電話番号は、家も職場も、同級会名簿で……走り書きもそえて伝えてあるのだ。

――どうしたのかな――

忙しいのだろうが、なんだかおかしい。不安が募る。私のほうもあいにく公私にゴタゴタがあって、気にかけながら待つよりほかにない。同級生には……男生徒について言えば、もともと絹子と親しい奴はいなかったし、女生徒のほうは、たとえいたとしても私がその女(ひと)と懇意ではない。絹子の消息は尋ねにくい。

それにしても融通したお金のこと……。

——うまく仕掛けられたのかな——

とは思ったが、そうは考えたくなかった。もしそうならば、

——それならそれでいいじゃないか。いまにどうにかなる——

四十代の男が熱り立つほどのことではないと達観した。金銭には欲のないほうだし、夢を買ったと思えば我慢ができる。それに、

——このままでは終わるまい——

また夢を見るチャンスがめぐってくるだろう。

ちぐはぐな気持で毎日を過ごすうちに、情けないことに私が、細い坂道でダンプカーと石塀に挟まれ、腰骨を折ってしまった。頭もしたたかに打った。一カ月の入院加療……。しばらくは身動きもままならなかった。仕方なく、苦痛の遠のくのを待って、少しずつ絹子のことを思いめぐらした。来信に注意を払った。妄想がひどくなった。

なんとか退院して……外来の待合室に坐っていると、窓口から、

「志賀さん」

と名前を呼ばれ、立って手続きを終えると、うしろに立っている男が、

「志賀じゃないのか」

と顔を覗く。

「志賀だけど」

「田崎だよ。このあいだの同級会、行けんかったけど……」

昔のクラスメートだった。さほど親しくはなかった。どことなく変な奴だった。

短い立ち話だったが、この男が千葉に住んでいると聞いて、

「木下って女の子いただろ」

絹子について情報を求めてみた。

「あ、木下絹子な。死んだんじゃないのか」

「えっ、いつ」

「わりと最近」

「同級会に来てたぞ」

「じゃあ、そのあとかな。なんか聞いたような気がする」

「本当かよ。なんで死んだ？　病気？　事故？」

「わからん。聞きちがいかもしれん」

窓口で「田崎さん」と名を呼ばれ、彼は診察室へ消えてしまった。

——まさか——

そう簡単に人が死んでよいものか。だれかべつな人とまちがえたにきまっている。田崎はそんな勘ちがいをしかねない人柄だった。

しかし、否定もむつかしい。私自身ももう少しで死ぬところだった。絹子からなんの連絡もない情況はわるい兆候かもしれない。

思い余って同級会の幹事をやっていた女に電話をかけてみた。

「木下さんのことだけど……」

「ええ？」

「連絡先わからないかな。ちょっと連絡したいことがあって……」

と不安をほのめかした。

「私も知らないわ。この前は、野末さんがたまたま銀座で会って……住所、空欄のままですもんね」

「元気なんだろうな」

「でしょう」

と言ってから、

「ストーカーは駄目よ」

と笑い声が聞こえた。これ以上は尋ねにくい。

「なにかわかったら教えてくれよ」

と電話を切った。

親切なことに数日後、電話がかかって来て、

「木下さん、お元気みたいよ」

「あ、そう」

「ほら、東京駅に下の歩道橋がよく見えるレストランがあるじゃない。金子さんたちが三人で木下さんのこと話してたら、ちょうど歩道橋の上を木下さんが通って、窓のほうに笑いかけたんですって。〝噂(うわさ)をすれば影とやら〟って言うじゃない。みんなでびっくり仰天したんだけど、そのまま行ってしまって……〝なんだか変〟って、金子さんたち言ってたわよ」

「住所とか……連絡先は？」

「わからないわよ。木下さん、私たちとあんまりつきあいたくないのとちがうの？」

「そうかな」

「ストーカーはおやめなさいよ」

と、また電話の向こうは笑い声だった。

——亡くなってはいない——

金子という名は覚えている。同級会にも来ていた。おそらく仲間たち三人で食事をしながら〝木下さんて、変な人よね〟とかなんとか陰口を言い合っていたのではあるまいか。そこへ……その窓の向こうの歩道橋に当人が現われ……偶然とはいえ、

——驚くよなあ——

むしろ暗示的なものを感じないでもなかった。噂をしていると死んだ人が生き返るとか……。

花畑の夢を見た。花の名前はわからない。赤と黄色が乱れて風に揺れている。花の中から女が現われて、

——絹子だ——

と、わかったが、絹子も花のように揺れている。そして体が透けている。まるで幽霊みたいに。

「死んだのか」

と聞くと、

「ええ」

と言う。でも顔色はいきいきとしている。

「嘘(うそ)だろ」

「ええ」

「どっちなんだ」

「まん中」

そこで眼がさめた。眼をさますと事故の後遺症がつらい。再入院のベッドの上だった。

姉貴が見舞に来たので、

「お祖母ちゃんが言ってたよな」

と古いことを尋ねた。

「なによ」

「生きてるのと、死んでるのと、その中間があるんだって」

「言ってたんじゃなく、それがあるみたいよ、お祖母ちゃんには」

「ふーん」

「どうして」

「いや、べつに。死んだ人のこと、思い出してやると、いいんだろ。そのときは生き返るって」

「そういう考え方もあるってことよ」

「夢に見てやるのも、いいのかな」

「夢ねえ。いいんでしょうけど、夢って、こっちの都合で、うまく見るわけにいかないじゃないの」

「そうだな」

しかし絹子の夢は本当によく見る。いつも、生きてるような、死んでるような……。

——中間があるのかな——

なんの情報もえられないまま年月が過ぎ、役所を退職して病院のベッドに転がってい
ると、これも夢の中のことだが、
「どこに住んでるかって、館山よ。そう言ったでしょ」
と絹子が言う。
「そうなんだ」
東京駅で……。京葉線のホームで別れたときを思い返した。絹子は「すのさき」と呟
いていた……。

館山へ行ってみようと思った。
快晴。薄曇りの空に春の気配が溢れて、充分に暖かそうだ。こっそりとベッドを離れ、
セーターを被り、ジャンパーを羽おった。エレベーターを降り、自動ドアを抜けて表通
りに出た。タクシーを拾って駅へ……。
ちょうどよい電車があった。窓側の席に坐って、ぼんやりと、外に流れる景色を眺め
た。市街地が工業地帯に変わり、時折、青い海がかいま見えた。いつのまにか眠ってし
まった。
カタン、と電車が停まった。窓の外を見て、
——あ、この駅だ——

あわてて席を立って降りた。知らない駅である。人の群れを追って進み、改札を抜けた。駅ビルを出ると空が青く、高く広がっている。

——少し歩いてみるか——

知らない街だが、このごろはどの街もみんな似ている。ロータリーにバスが停まり、駅前通りが延びて両側にコンビニやファストフードの店、それから不動産屋が一つ、二つ。海の匂いが鼻をくすぐる。

バスがやって来る。行先に〝洲崎〟と書いてある。〝すのさき〟と読むらしい。

——すのさき、すのさき、すのさき——

思い出すものがある。絹子がデッキで言っていた。一度調べてみたはずだ。

——そうだ、絹子はそこにいるんだ——

バスに乗った。洲崎は半島の突端、この世の果てではあるまいか。充分に遠い。

バスは風のように走った。洲崎神社の前で降りた。階段を上り、神殿にぬかずいて祈った。

——絹子に会えますように——

それから海辺へ出た。花の向こうに海が見えた。花は椿だろうか。椿の森なのだろうか。

繁みの中から女が現われた。絹子にちがいない。あい変わらずユラユラと揺れている。

体が透けて海が見える。地の果てに広がる海は荒涼として、どこかこの世の風景とは異なっている。

ぼんやりとした人影に向かって、

「生きてるのか、死んでるのか、どっちなんだ」

「まん中があるのよ」

「あ、そうか」

絹子はうれしそうに笑って、

「思い出してくれたんでしょ、夢で」

「うん。何度もな。思い出すと死んだ人も生き返るんだ」

「そうよ」

女の表情が揺れて、急に、

「よノサかったわ」

ああ、そうか、これが始まりだった。

「かノサわいいな、いノサつも。あノサなたは」

「しノサんでも、いノサきるのよ」

「やノサっぱり、そノサうか」

「なノサつかしいわね」

「うノサん。わノサすれてないよ。あノサのよるのこと。あノサなたは、ほノサんと、すノサてきだった。はノサだが、すノサべすべして。むノサねも、ひノサっぷも」

「あノサりがとう。うノサれしいわ」

「どノサうして、あノサんなことに、なノサったんだろ」

「いノサったでしょ」

「なノサにを？」

「おノサわかれするとき」

「そノサうだったっけ」

「しノサかたないわね。あノサなた、まノサんなかだから」

「まノサんなか？」

「いノサったでしょ。でノサんしゃの、どノサあが、しノサまるとき、すノサき、すノサき、すノサき、すノサき、すノサき……」

声がこだました。

——すノサき、すノサき——

東京駅の別れぎわ、絹子は「すノサき」、と言ったのだ。

——それが住んでいるところだとばかり思っていたけれど——

でも本当に洲崎に来てみると絹子に会えるなんて……。

「どノサうしてかな」

「あノサなたが、まノサんなかなのよ。いノサきてるのと、しノサんでるのと」

「えっ。そノサれって、あノサなたじゃ、なノサいの?」

「ちノサがうわ。あノサなたのこと、いノサつも、おノサもっていたわ。だノサから……」

「そノサうか」

今、わかった。

「すノサきよ。やノサすらかにね。さノサようなら。すノサきよ」

絹子の声が遠くなった。消えるほど細くなり、海へ飛んで消えた。カタン、なにかが落ちた。

空も海も暗くなった。

青へ

青い空が好きだ。白い雲が一つ、二つ、ポッカリと浮かんでいると、わけもなく懐かしい。青い色が好きなのだ。

ふと鳥の声が聞こえる。姿は見えない。はるか向こうに、いくつかの点となって散っているのは小鳥たちだろうか。ピーロ、ピーロ、ピーロ……と、これは小さな鳥の鳴き声ではない。

すると、大きな鳥が大きな羽を扇のように広げて現われ、ゆっくりと旋回する。私は高い塔のてっぺんに立って眺めている。

――いつのことだろう――

わからない。

――どこだったろう――

これもわからない。高い塔へ上った記憶なんて、脳味噌(のうみそ)のどこにも残っていない。

「覚えてないだけだろ。だれだって高いところくらい上っているよ」

と言われそうだが、これはとても、とても高いところのイメージなのだ。それほど高い塔なら覚えているはずだ。だから、

「ない」

と答える。体験の乏しい子ども時代だった。父は不在が多く、早くに亡くなっている。母は高いところが嫌いだった。

青い空は……それをひろびろと遠く、深く望むイメージは私の憧れなのかもしれない。絵本を見て、お話を聞いて、勝手に思い描いたことかもしれない。とはいえ、

――あれ、かな――

と思うことがまったくないでもない。

小学生のころ……。でも、はっきりとはしない。子どものころのことは、みんなまだら模様だ。はっきりしていることと、わからないこととが入り乱れている。本当のことと想像したこととが混ざりあっている。それがときどき入れ替わる。

友だちはいつも少なかったし、ガールフレンドなんかいるはずもない。子どものころは母と二人の生活が多く、その母も四年前に他界して、それからはずっと一人暮らしだ。生活の変化が乏しく、記憶が薄くなってしまう。学校の宿題の絵日記だって、山へ行ったり海へ行ったり、みんなで遊んだり喧嘩(けんか)をしたり、変化があれば描きやすい。いろいろ覚えているだろうけれど、毎日が同じことでは記憶しにくい。とりわけ昔のことは消

えてしまう。なにかの拍子に、

――これ、前にあったな――

ヒョイと思い出したりするのだが、よく考えると、怪しい。本当にあったのか、映画や本で知ったのか、区別がつかない。

それでもべつに不自由はないし、よくわからないところがおもしろかったりする。心の中であれこれ反芻(はんすう)してみる。

――あ、そうか――

話はそれるが、こんなところで〝反芻〟なんて言葉、使っていいのかな。それにこんな言葉、いつ、どうして覚えたのか。

すると、まず牛を思い出す。野原で草を食べている。牛の胃袋は四つに分かれていて、食べた物をいったん貯(たくわ)え、あとでゆっくり嚙(か)んで消化するんだとか。1の胃袋、2の胃袋、3の胃袋、4の胃袋とあって、役割がそれぞれちがっているのだ。

――脳味噌も、あれとおんなし――

四つに分かれて……そんな気がする。ほかの人のことはわからない。でも私はそうなのだ。見たこと、聞いたこと、知ったこと、すぐにはよくわからなくても、いったん1の脳味噌に留(とど)める。後でゆっくり、

――あれ、どういうことだったのかな――

これは2の脳味噌の仕事だ。そして大切なことは3の脳味噌に貯える。しっかりと記憶して知識とする。よくわからないもの、不用なもの、つまらないもの、これは4の脳味噌に落とし込む。ゴチャゴチャと隅っこにいる。いつのまにか消えてしまう。だから牛の胃袋と同じく〝反芻〟なのだ。

——うまい言い方だな——

独り悦に入っている。が、自分で考えたことではあるまい。多分、なにかで読んで、理解して、留めたこと。今は3の脳味噌にうずくまっているらしい。そしてときどき顔を出す。

青い空が好きなのは4の脳味噌あたりに潜んでいるらしいが、急に3のほうへ移ってくる。

うららかな春の日、確か父の墓参りに行ったときだと思うのだが、独りぼんやりと空を見ている私に母が、

「いいお天気ね」

「うん」

「雲を見てたの？」

「雲じゃなく空だよ」

「空が好きなのね、純ちゃんは。いつも見ていて」

「いけない？」

「いけなくなんかないわ。大きくて、きれいで」

「うん」

なおも眺めていると、いきなり、

「あなた、むかし、鳥だったのかもしれないわね」

と笑う。すぐにはわからなかった。

「鳥？」

「ええ。鳥よ」

と母は両手を広げて羽ばたいた。

「むかしって、いつ？」

「そうねえ。むかし、むかし……生まれる前のこと」

母はもう笑っていなかった。いっしょに遠い空を見つめていた。すると、黒い鳥が一角をよぎった……ような気もするが、これはあとからつけたした記憶かもしれない。

独りになって考えた。反芻した。

――生まれる前って……前世のことだよな――

そのくらいの知識はあったころのことである。

――前世があって、現世があって、来世がある――

大人たちの話を聞いていると「私、前世は猫だったらしいの」なんて呟いてる人がいる。あるいは「お前、性格わるいぞ。前世は蛇だったな、きっと」とかも聞く。もちろん逆に「そんな心がけじゃ来世はろくなもんじゃないぞ。牛か、馬か、さんざこき使われて」と叱られたりもする。

——本当かな——

嘘っぽいけど、嘘とばかりは言いきれない。

確かに、青い空が好きなのは、むかし鳥だったせいかもしれない。もし来世があるなら、

——やっぱり鳥がいいな——

青い空を自由に飛び廻りたい。小鳥よりはもっと大きな、強い鳥……。のびのびと羽を広げて旋回する姿を思い描いた。獲物を捕らえて天高く舞い上がるのも勇ましい。

あれこれ考えていると、

——そうだ、大切なことを忘れてた——

4の脳味噌に隠しておいたことが甦ってくる。

——どうして隠しておいたのか——

もちろんなんの意識もなく隅に追いやっていたことなのだが、それはまともに考えるのが怖かったからだろう。考えの行きつく先が恐ろしく、信じられなかったからだろう。

同じクラスに一時だけ仲よくなった奴がいた。坊っちゃん刈りで、いつも水色のシャツを着ていた。小学四年生のとき……。

――タカナシって名前だったよなあ――

タカナシは、確か小鳥遊と書く。ものすごく珍しい苗字だろう。字を見てだれもが尋ねる。

「なんと読むんだ」

「タカナシ」

「タカナシ？　どうして？」

答は何度か聞いた。

「小鳥が遊ぶのは鷹のいないときだから」

「まじかよ。クイズだな」

タカナシは口を歪めて、笑うような、怒るような表情だった。いま思えば、タカナシの先祖こそ鳥だろう。

――きっと小鳥だな――

楽しく遊んでいたにちがいない。それを言い当てたこともある。

「タカナシよ、お前、むかし、鳥だったんじゃないのか」

「うん」

「小鳥」

「そうかもな」

否定はしなかった。タカナシはずーっと鳥だったのかもしれない。

小学生のころの私は……中学生になっても高校生になっても、ずっと同じだったが、気の弱いほうだった。勉強は嫌いじゃなかったし、国語なんか好きだったけれど、学校ではいじめが怖い。いつも目立たないようにふるまっていた。タカナシもおとなしい。転校生で、いじめの対象になってもおかしくないタイプだったが、どこかちがった。外国で暮らしたことがあって、賢い。一目置かれていた。みんなから、そう、敬遠されていた。この〝敬遠〟もタカナシといっしょに思い出す言葉だ。

「あいつ、魔法を使うんだってよ」

そんな噂もあった。風呂敷から鳩を出したりするとか……。

「手品だろ」

「星占いもできるし」

「星の名前、知ってるだけよ」

「教会へ行く」

「親が連れていくんだろ」

「へんな奴だよ」

タカナシがみんなといっしょに遊ぶことは、ほとんどなかった。見たことがない。

ところが……夏休みの午後、私は母に頼まれ、隣の駅の病院まで薬を取りに行き、その帰り道だった。近道を走っていると、急に黒い影が前に立ち、

「やあ」

タカナシが親しげに笑っていた。

「やあ」

「なんで急いでる？」

「べつに。急いでいない」

「俺んち、すぐそこなんだ」

「へえー」

「遊びに来いよ」

「いいのか」

「いい」

そのまんま訪ねた。きれいなお母さんがいた。

「いらっしゃい」

優しく迎えてくれ、渦状にアンコが入っているカステラのようなお菓子を出してくれた。アンコをカステラで巻いて輪切りにしたケーキ。カルピスもそえてあった。

――兄妹はいないみたい――

子ども部屋があって本がたくさん並んでいた。長居はしなかった。

「また来いよ」

「うん」

これが縁で、その後、何度か遊びに行った。お母さんはいないほうが多かったみたい。つまりタカナシはたいてい一人っきりなのだ。きれいな女が、お母さんであったかどうか、それもわからない。お姉さんかもしれない。

「本、好きか」

「好きだな」

二人で会ってもあまり話なんかしなかった。寝転がって、べつべつに本を読む。本の中身については少し話し合うことがあった。

「胡麻には魔力があるんだ」

「胡麻？」

タカナシがポケットから小さな瓶を出す。タカナシは給食に嫌いなものがあると、そっと捨てる。ご飯には胡麻塩をかけて食べていた。その小瓶をいつもポケットに忍ばせているのだ。

「そう。俺、いつも食べてる」

「うん?」

「ほら、〝開け、胡麻〟って言うだろ」

小耳に挟んだことはあったが、くわしくは知らなかった。

「うん?」

「ほら。〈アリババと四十人の盗賊〉だよ。〝開け、胡麻〟って言うと、岩がパックリと開いて、宝物の入ってるほら穴が現われるんだ」

「うん……」

「胡麻に魔力があるからだぞ」

「うん」

「願いをかけるときには、みんな〝胡麻〟って、くっつければいいんだ」

「へえー」

早速〈アリババと四十人の盗賊〉を借りて読んだ。

おもしろい本がたくさんある。漫画もある。子ども部屋で読むだけじゃなく、

「借りてっていいかな」

「必ず返せよ」

「もちろん」

「じゃあ、一週間だけ」

と言う。

「一週間？　なんで？」

「貸し借りは、なんでも一週間がいいんだ」

タカナシの家のルールなのだろうか。私が反対することではない。すなおに従ったと思う。

借りた本の中に、少年が渡り鳥の背中に乗って世界中を旅する話があった。眼下に街や山や川が映って、すばらしい。

「これ、すごいな」

タカナシはうれしそうに頷いて、

「人間はみんな空を飛びたいんだよ」

と窓の外を見る。

「飛行機を発明したじゃないか」

「あんなんじゃなく、本当は鳥になりたいんだ」

ふと母の言葉を……「あなた、むかし、鳥だったのかもしれないわね」を思い出したけれど、なにも言わなかった。

――タカナシもきっと鳥だったな――

ますます強く思った。

日ごろの動作も軽やかで、スイと飛び上がれば、そのまんま飛んで行きそうな奴だった。強い親しみを覚えた。借りた本はまちがいなく一週間のうちに返した。事情があって読み終えることができず、

――困った――

約束を守らなかったらタカナシは、きっと不快に思うだろう。なんとなく、

――怒るな、きっと――

強い悪意を示されそうで、プレッシャーを感じた。そんなことは一度もなかったけれど、プレッシャーだけは4の脳味噌に残ったような気がしてならない。

初めてめぐりあった仲よしであったが、長くは続かなかった。せいぜい三カ月くらい……。

私は風邪をこじらせ、三日ほど学校を休んだ。熱が高く、独り自宅で床に伏せていた。

――本を返さなくちゃ――

あのときもプレッシャーを抱いていたはずだ。夕刻、意を決し、起きてタカナシの家へ向かった。曇り空がどんどん晴れて、鮮やかな茜色(あかねいろ)の空に変わっていた。タカナシの家の近くまで行くと、

「いま、君のところへ行こうと思っていたところなんだよ」

ビニールの袋を持ったタカナシが立っていた。

「どうして」

「病気だったのか」

「うん」

「治った？」

「まあ」

「じゃあ、行こう、行こう」

と先に立つ。

知らない道を少し歩いた。一帯は丘陵の多いところで、丘の端っこの崖を利用してビルが建っている。一階が一般の道路に接し、もう一つ、三階あたりが丘の上の道路へ出入口を開けている。そんな構造だった。

ビルの裏手に狭い空き地があり、タカナシと二人、柵を抜けて入り込んだ。足もとは切り立った急な斜面である。

「いい？」

「うん。なにするんだ」

「鳥になる」

「鳥に？」

「ああ。飛ぶんだよ。まず練習」

タカナシは慣れているような口ぶりだった。

「まじ？」

そばに太い木があって、丈夫そうな紐が長く垂れている。タカナシは紐の端を引き寄せて握る。次にビニールの袋から青い風呂敷のような布を取り出す。布を開くと……マントのようなもの。肩にかけ、ボタンで留める。紐を握ったまま両腕を広げ、バタバタと二、三度羽ばたいたかと思うと、

「見てろよ」

崖の端から宙に飛び……落ちるのではなく、少し浮く。そのまま十メートルくらい舞ってクルリと向きを変え、

「このマント、すごいんだ」

滑るように私のそばへ戻って来て、立つ。

「………」

声も出なかった。驚きのあまり、なにがなんだかわからない。気が遠くなったのかもしれない。

「君もやってみろよ」

とタカナシはマントを脱ぎ、私の肩にかけ、ボタンで留める。紐の一端を私に握らせ

る。

「さ、飛べよ。簡単だから。飛ぶぞ、胡麻」

周囲にはだれもいない。十メートルほど下の、細い道にも通る人の姿はない。静かな夕方だった。

私はためらった。

――飛べるはずがない――

とは思っただろう。しかし、現に、

――タカナシは飛んだじゃないか――

肩を被(おお)ったマントは、なにか不思議な力を秘めているような感触だ。

しばらくはそのまま……ためらい続けていた。

だが、私は、ついに地面を蹴った。すると……宙を飛んだ。小さくクルリと廻って、もとへ戻った……。そんな感触が、記憶が、今になって言えば、1の脳味噌に飛び込み、2にはほとんど留まることなく3を走り抜け、4の中へ落ち着く。

――どうして――

わからない。

次には……マントはタカナシの肩に戻り、

「今度は本気」

手を振って勢いよく、高く舞った。どんどん遠ざかる。タカナシは青いマントに包まれたまま茜色の空に向かい、少しずつ小さくなり、点となって消えた。

これが最後だった。学校へ行くと、タカナシの姿はなく、

「あいつ、急に転校したんだ」

と聞かされた。くわしい事情を知る奴はだれもいない。タカナシの席には間もなく新しい転校生が来て坐(すわ)った。

——夢なんだ——

と思ったが、実感は残っている。

——俺は飛んだ。ほんの少し——

そして、そのあとに、

——タカナシは確かに空高く飛んで、消えたんだ——

それを私は見たのだ。見たという実感が残っている。

——あんなマント、新しく発明されたのかもしれない——

トンデモナイ発明品が現われる世の中ではないか。考えても考えてもわからない。そしてわけもなく怖い。結局、4の脳味噌の隅に隠すより仕方なかった。

青い空を見る。

あい変わらずうれしいけれど、それが茜色に染まるときは恐怖が募ってくる。もうあのマントが、

——新しい発明品かな——

と思うことはむつかしい。

——ではなんなんだ——

タカナシは何者だったのか。仲よくなったけど、どことなく怪しい奴だった。私が白日夢を見たのかもしれない。だれにも話さなかった。思い出すことも、考えることも封じた。そのまま長い年月が流れた。

大学を出て製薬会社に勤め、営業部では仕事になじめず、総務部に移ってもややこしいことばかりさせられ、上役の覚えもかんばしくない。職場の雰囲気がまったくよくない。

ある朝、出勤の電車に乗ろうとして、どの車両も乗り込むのが困難なほど混んでいる。いつものことだが、下り電車を見るとガラガラだ。郊外に向けて楽しそうに走って行く。

——まあ、いいか。なんとかなる——

思うより先に足が動いた。すかさず下り電車が走り込んで来て、誘う。ゆったりと坐って外の景色を眺めた。乗り換え駅が来ると、さらにのどかな気配が「おいで、おいで」とばかりに誘いかける。

それからどこをどう行ったか、わからない。青い空があった。深い緑の山が見えた。コロコロと流れる川があった。一面の花畑が見えた。舟を浮かべる湖があった。茜の空に飛ぶ鳥の群れが見えた。恐怖を覚えながらも、

――飛びたい――

と願った。

どこで買い求めたのか、手に黒いマントを持っていた。ほどよい崖を見つけて、

――よし――

と空を目ざした。

それからは、さらにわからない。知らない街で、知らない病院に入り、知らない数日を過ごした。

でも意識を取り戻してみれば、

――大丈夫――

どうということもない。病室で、

――あんな会社、辞めてしまえ――

両親もいないし、兄妹もない。自分勝手に生きていっこうに差し支えない立場なのだ。さいわい親が残してくれた賃貸マンションがあるので、その一角に住み、残りを貸して暮らせばなんとかなる。豊かではないが、もともと贅沢に暮らそうとは考えていなかっ

た。好きな本を読んで、空を眺めていれば不足はない。

――しかし、なあ――

気がかりは、知らない土地を歩き廻り、崖を見つけて確かに飛んだはずだ。ほんの少し鳥になったみたい……。

――そんな馬鹿な――

と思いながらも、脳味噌の4のあたりにイメージが残っている。イメージは……街並みが途切れ、川が流れ、畑が広がり、遠くに電車が走っていた。

――あれは、どこだったろう――

担ぎ込まれた病院の近くだろうか。だが、確かめるチャンスはなかった。病院を替え、体がすっかり回復し、散歩を許されたところで探してみたが、

――ちがうなあ――

思い当たるところは見つけられなかった。退院後に、もう少し大がかりに訪ねてみたが、やっぱりふさわしい風景にはめぐりあわない。

――厭(いや)だなあ――

思い返しても、ぼやけたところの多い毎日だった。

五百円札みたいな顔の病院長が私の両手首を握って、

「もう大丈夫ですよ。気を楽に持ってね」

九カ月あまり入院生活を送って、ようやく退院の許可が出た。

「お世話になりました」

もともと大丈夫だったのだ。仕事もなく、ブラブラ暮らしていたが、病院長が、

「なにかやったほうがいいね」

予後を見すえて仕事まで世話をしてくれたのだから滅法親切な人だ。五百円札ではもったいない。

簡単なデスクワークだった。オフィスは背高いビルの四階にあって、小さな部屋に大きな机、たった一人で働く。仕事は学習塾のテストの採点。○×式で、答を書いたペーパーをわたされる。それに照らし合わせて答案の一枚一枚に○をつけ、×を記す。勤務は午後一時から五時まで。塾の職員の浅井さんが厚い答案の束をデスクの上に適当に積んでおいてくれる。やさしいけれど楽しい仕事とは言えない。

「どうです?」

「はい。まあまあです」

「よろしく、ね」

この人も親切だ。だが本心はなにを考えているのか。こっちを軽蔑しているのではあるまいか。

エレベーターで屋上に出ると、景色がすばらしい。街には緑がほどよく散って上り坂を造り、低い丘陵地へと延び、山波へと続く。その向こうにみごとな富士山だ。その上は青い空だ。空気をいっぱいに吸うと、体の中身が、脳味噌の1から4までがすっかり変わっていくような気がする。

――これは、すごい――

つまらない仕事でも、とにかくやってみようと思ったのは、この風景のせい、九十パーセントはそうだったろう。一カ月ほど仕事を続け、ある日、突然、

――そうか――

今までどうして考えつかなかったのだろう。

――タカナシの家を訪ねてみよう。あそこなら、よく覚えている――

タカナシが消えたあと私も母の都合で住まいを変えていた。こまかい事情を知るよしもないが、父は死の少し前に予知するものがあったのか賃貸マンションを建て、母と私に残しておいてくれたのだ。その母も苦労があってか急死し、私は、よくもわるくもたった独りを余儀なくされていた、という事情である。むかしのことなんて、あらかた忘れていたけれど、

――タカナシの家を訪ねれば、なにかわかるかもしれない――

薄曇りの日曜日、ジャンパーにスニーカー、軽い服装で家を出た。渋谷駅で乗り換え

て杉山台で降りた。東口を出て駅前の風景は、

——ここだったかな——

と訝るほど変わっていたが、道路そのものは、道筋に大きな変化はあるまい。坂を上り、二つ目の角を曲がった。

——確か、このへん——

三階建てのビルが現われた。ビルの壁には汚れが目立つ。

——この二階——

階段を上ってドアの前に立つ。標札は、当然のことながら変わっている。小鳥遊ではない。首を廻してみても思い出せるものは、ほとんどなにもない。

階段の下に人影が見える。女の人が上がってくる。怪しまれたら、つまらない。降りていくと、下から見上げるまなざしが親しげに緩んで、

「こんにちは」

と言う。このマンションに住む人とまちがえられたらしい。

「こんにちは」

さりげなく答えて足を速めた。

外の道へ出る。

——さあ、これからだ——

タカナシの家が変わっているのは予想通りであり、問題はここからどう行くか。確か早足で行くタカナシの後を追いながら、

——こっちへ行ったはず——

見当をつけて曲がる。しかし、はっきりとしない。

——このへんで細道を登ったんじゃないかな——

少し行くにつれ記憶がどんどん怪しくなる。

——高台になっていて、ビルがあって、その裏に崖があって——

そんな地形がそうたくさんあるとは思えない。坂を上って丘陵地の端をたどれば、どこかに見覚えがあるはずだ。

だが、どう歩いてみても、いっこうに〝ここだ〟と思うところが見つからない。

——ここかな——

そう思うところに建つビルは、むかしとまるでちがう。地形がちがう。

——ビルは建て替えられているだろうけど——

四十年以上もたっているのだから……。しかし、

——ここじゃないな——

となると、そもそもタカナシの家のあったところまで訝しくなってしまう。

——崖の上の空き地に太い木が立ってたはずだ——

それを探したが、そんなもの、どこにも見当たらない。

一時間以上も歩き廻っただろうか。結局、納得のいく地形は発見できなかった。高台の端まで行って下の道路を覗（のぞ）くと、傾斜はゆるやかで、ここもむかしの風景とちがう。だれかがやって来る。子どもと犬が走ってくる。大人の声も聞こえる。

──やめた──

あきらめるより仕方ない。ふと、

──本当にあったことかな──

心配になってしまう。タカナシと仲よくしたことさえ訝しく、

──あいつ、急に消えちゃったからなあ──

と心もとない。

ユラユラと帰路についた。渋谷でデパートに立ち寄り、

──そうか、あれを──

と大切な買い物を思い出し、紙袋を一つぶらさげて帰った。

オフィスの仕事は単調なのに、すぐに疲れてしまう。

──こんなこと、本当に意味があるのかなあ──

○×式のテストなんか、教育に本当に役立つのだろうか。疑わしい。すると、仕事に

張り合いを感じることができない。

浅井さんが来たときに、

「これ、意味あるんですか」

と聞けば、浅井さんは肩をすくめ、

「どうしてですか？　意味ありますよ、子どもたちのために……」

「しかし、なんだか退屈で……。たった一人だし」

「気楽にやってくださいよ」

「私に向いているか、どうか……」

「頑張ってるじゃないですか。折を見て次の……」

「もっと生き甲斐を感じたいなあ」

相手は首を振って、

「なかなか……。でも梅宮さん、この世の中、仕事に生き甲斐を感じている人、そう多くはないと思いますよ。みんななんとか自分を慣れさせて、我慢して」

「そうなんでしょうね」

「とにかくお気楽に」

と笑って帰って行った。

厭になったら屋上に出る。まったく……天気のよい日はすばらしい気晴らしになる。

これだけが生き甲斐だ。この仕事を承諾してよかったと思う。広く、深く、青空が広がり、みごとな富士山が望める。

気がつくと、このところ急に日が長くなっているようだ。夕刻、紙袋を持って屋上に出ると、少しずつ色を変えていく空が信じられないほど美しい。青から茜色へ大自然が表情を移していく。心がなごむ。

小鳥たちが騒いでいる。

――おや――

と驚いた。

屋上の物置の脇に、黒い大きな鳥が……いや、鳥ではない。黒い人影が立っている。

近づくと、

「やあ」

と笑った。気圧(けお)されて、

「あの……こんばんは」

「なんだよ、梅宮だろ」

と名を呼ばれた。

「えーと……」

「わからない？　タカナシだよ」

表情に少年の日の面影が残っている。

「えっ、どうして？」

「俺のこと、探してたんだろ」

「うん。ちょっとね」

先日、わざわざタカナシのむかしの家を探したのだから……。

「会いたかったよ」

戸惑いながら、

「どうして、ここがわかった」

「空から見てたよ。君がウロウロしてるのを」

「そうだったのか」

「見なかった？　君の頭の上を飛んでいたの」

言われて、あの日、空に大きな鳥を……鳥のようなものを見たような気がする。曖昧なものが脳味噌の１のあたりをよぎって甦る。

「あ、そう」

言葉の調子にまで遠い日が甦る。

「思い出しただろ」

とタカナシは両腕を広げる。

「なにを」

「そのつもりでここに出て来たんだろ」

自分のマントを私の両肩にかけ、私の手から紙袋を取り、軽く両腕を開かせた。そうして今まで自分が立っていた屋上の柵の切れ目に私を促す。遠くに赤く染まり始めた雲が一つ、二つ散っている。眼下には街が広がっている。真下を覗くと青いタイルを張ったベランダが小さく映る。

「………」

足が震えて声も出せない。

「信じなくちゃ。イエスが水の上を歩いたとき、ペテロに〝信じれば、あなたも歩ける〟って言ったじゃないか。信じれば大丈夫なんだよ」

それは……むかしタカナシが話してくれたことなのか、私が読書で知った知識なのか、とにかく、

――信じれば水の上も歩けるし、空も飛べる――

私は振り返った。タカナシも、紙袋も消えていた。

「なんですか。危いでしょ」

ビルの管理人らしい男が褐色の制服を着て立っている。

「いや、べつに……」

私は首を振り、そそくさと屋上の出入口へ向かった。管理人は柵のふちに立って下を覗いている。私は急いでエレベーターのボタンを押し、部屋へ戻った。マントを畳んでロッカーに隠した。

――明日、また――

しかし翌日は雨降り、空を飛ぶのはむつかしい。

――一週間、借りておいていいんだ――

出勤すると、まずロッカーのマントを確かめた。だが、私の思案とは裏腹に雨が降り続けた。

コンクリートの床を蹴った。

体がふわりと浮いた。両腕を必死に上下させて風を捕らえた。

――飛んだ――

飛んで、飛んで、高く飛んだ。青空が近くなる。雲に包まれる。雲を抜けると富士が映り、低い山々がうねっている。雨の後の緑が美しい。街は、大小さまざまな四角の屋根が、とりどりの色を散らして奇妙な形に広がっている。

雲たちがおもしろい弧を描いて、犬の形、鰐（わに）の形、お供え餅の形……飛行機雲が伸びていく。

風の向きが変わる。油断をしていると、体がストン、ストンと落ちる。両腕で激しくかく。マントがパタパタと風をはらむ。

——やっぱり飛べるんだ——

思いのほかやさしい。信じたから飛べるんだ。雲間から太陽が顔を出し、光が暖かく、眩(まぶ)しい。

——夕日のある方角が西だろう——

北の雲は冷たい。南の雲は笑っている。ピーロ、ピーロ、ピーロ、大きな鳥が飛んで来た。小さな鳥が逃げていく。

——タカナシはどうしたかな——

やっぱり今も空を飛んでいるのだろうか。それとも、

——マントを借りてしまったから——

本棚のある部屋で膝を抱えて、待っているのかもしれない。

——一週間たったら返さなくちゃ——

あと二日あるのか、明日返すのか……プレッシャーがかかる。この件ではうるさそうな奴だった。日が暮れる前にもとの屋上に戻ろう。

旋回して方角を変えると、線路が見えた。電車が走ってくる。一つ、二つ、三つ、四つ……八両編成だ。まるで模型そっくり。駅が見えた。駅前通りも見えた……と、イメ

ージは4の脳味噌から抜け出して蠢(うごめ)いているのだろうか。

雨が上がった。

仕事なんかやっていられない。ロッカーからマントを引き出し、廊下に出る。悪いことをしているわけではないが、管理人に見つかったら、やっぱり怪しまれるだろう。周囲を窺(うかが)いながらエレベーターに乗った。

屋上に立つ。青い空は本当にすばらしい。人間はみんな鳥になりたいのだ。むかしはみんな鳥だったのだ。死んだら、また鳥に戻るのかもしれない。

——それもいいけど——

生きているうちに鳥になりたい。信じればなれるのかもしれない。でも、

——怖い——

きのう飛んだのは夢なのかもしれない。ただの妄想だったのかもしれない。しかし実感が残っている。イメージはとても夢とは思えない。妄想ともちがう。本当に飛んだのだ……。

——じゃあ、きょう、今、本気で試してみよう——

すでにマントを着ていた。柵の切れているところに立った。飛べそうな気がする。でも、真下は青いベランダ……。

——怖い——

きょうでなくてもいい。今でなくてもやれる。

——明日にしようか——

晴天は続くだろう。もう一日、二日、マントを借りていてよいはずだ。

いったん仕事をする部屋へ戻った。ますます仕事をする気分にはなれない。また屋上へ出た。

——飛べるぞ——

柵の切れ目まで行き、そこを抜けて立つ。でも、

——怖い——

部屋へ戻った。また屋上へ出た。

——明日にしようか——

一夜、ゆっくりと眠って……決心を固めた。

翌日、オフィスに出勤し、すぐにマントを羽おり、屋上に出た。でも、

——怖い——

でも、

——飛べるぞ——

部屋へ戻り、また屋上へ、そして部屋へ帰って、また柵の外へ、いよいよ決行だ。

「飛ぶぞ」

青い空を見た。コンクリートの床を蹴った。

体がふわりと浮いた。

いや……ちがう。

なにかが急速に落ちていく。ゆるゆると紙袋が舞って落ちる。イメージなのか、事実なのか、空だけが青い。

愛の分かれ道

徳さんとは、地下鉄のK駅に近い本屋で待ち合わせた。

快い夜である。寒くもないし、暑くもない。かすかに吹く風が心地よい。ビルばかりの街だが、どこかに桜が咲いているのだろう。白い花びらが、そよ風にのって飛んでくる。

——染井吉野だな——

よくは知らないが、昨今、桜と言えば、ほとんどがこの品種らしい。とりわけ東京にはこれが多い。

——徳さんは嫌いかな——

ふと思ったが、花びらの行方を仰ぐと、月までが、ほどよい円弧を描いて、つきづきしい。

——いい夜だな——

冬の寒さ、夏の暑さ、つらいこともあるけれど、四季のあるのはうれしい。それだけでも人生は楽しい。

――そう思わなくちゃ――

私は明るく考えるのが好きなのだ。幼い日々はあまり恵まれていなかった。そうであればこそ、明るい生き方を望むのかもしれない。

本屋には私のほうが少し早く着いた。今日このごろ、本屋の経営はずいぶんと苦しいらしい。毎日、全国で数軒ずつ店を閉じているんだとか。

しかし、この本屋には工夫がある。店主がいろいろ思案してユニークな本棚を創っている。今月は桜の棚……いや、もう少し広く春の花々をめでる本が出入口に近い棚をぎっしりと埋めている。もちろん普通の新刊本もそろえてあるのだが、ところどころに客が喜びそうなテーマを狙い、少し古い本まで並べてあるのが、わるくない。店を閉める時刻も遅く、便利である。

ラックに並んだ雑誌をペラペラめくっていると、若い二人連れがドアを広々と開け、そのすきまから、

「よし、ええぞ。ストライク、ゲーム、セット」

徳さんの声が聞こえてきた。雑誌をラックに戻して覗（のぞ）くと、

「これでええんや」

夜の中に、声をあげながら近づいてくる笑顔があった。

「こんばんは。勝ったね」

「おお。勝った、勝った」

徳さんはトランジスタ・ラジオをポケットにしまいながら、いいご機嫌だ。今ではむしろ珍しい小型ラジオを愛用しているのだ。テレビを見ることができないときは、いつもこれで野球中継を聞いている。熱烈なタイガース・ファンなのだ。

私のほうは野球にうとい。野球のルールくらいは充分に知っているけれど、プロ野球についてはめっぽう関心が薄い。徳さんに言わせれば「文化文明の恵みを一つ欠いている」らしいけれど、こんなことはみんな好き好きだ。徳さんもそれを知っている。首肯している。むしろ私が半端な好みを……たとえばジャイアンツに好意を抱いていたら、争いが絶えない。徳さんがタイガースを熱愛し、喋りまくり、私がほどほどに敬聴している……選手の名前もわからずに「そうなんですか」と感心しているのが、適当なのではあるまいか。

――今夜はタイガースが勝ったらしい――

くわしいことはわからなくてよろしい。

「待った？」

「いや、ちょうどだ」

私が先に立ち、街灯が疎らに光と影とを散らす狭い坂道を下った。

「相手は、ジャイアンツ？」

「そうだ」

「じゃあ、ようけうれしい」

「まあな」

私のうしろで顎を撫でているのではあるまいか。

「きのう敗けたんだろ」

「ああ」

「おといも」

「メキシコがあほんだらをやりおる」

おそらくメキシコ出身の選手がへまをやったにちがいない。当然その選手には名前があるはずだが、徳さんはそれを言わない。

――差別？――

ではない。少しはその感情があるのかもしれないが、徳さんは、

「キューバでもグアテマラでもよう打つ選手はええ選手や。よう投げるピッチャーはええ投手や。タイガースのために頑張るのが一番や。ホモでも、レズでも、かまへん」

「レズはちがうんじゃないの」

「今はおらんけど、そのうち、えらいのが出てくるかもしれんわ。差別はせん。タイガ

ース・ファーストや」

良識のある人なのだが、話がプロ野球になると少しおかしくなる。

たった今〝メキシコが〟と言ったのは、名前を言ったところで、どうせ私がわかるまい、と、その配慮があってのことだろう。

徳さんのことを伝えるには……プロ野球を外すわけにはいかないし、私はくわしいことを知らないし、話にところどころぼやけたところが入るのは許していただきたい。

「なんちゅう店や？」

徳さんとは十年ほど昔、仕事の関係で知り合い、いっときはほとんど毎日顔を合わせ、

――いい人だな――

と思い、むこうもこっちに好感を抱いてくれたのだろう。意気投合し、知れば知るほど親しくなった。もちろん学生のころに親しんだ友人のようにあけすけにつきあうわけにはいかないが、今でも一月に一度くらいは、どちらかが誘いかけ、なにげない話を交わして楽しむ。徳さんのほうが二つ年上、知識は広いし、ときどきおもしろいことを言う。それが私に役立つ。

「サバだ」

「サバ？」

「魚じゃないぞ。カウンター・バーだ」

「知っとる。フランス語やろ」

「そう」

「日中ならボン・ジュール、日が暮れたらボン・ソワール、親しい仲ならサ・バ。元気か、やろ」

「うん。夜はボン・ヌイ」

「あかん、あかん。夜、フランス人と別れるとき、ボン・ヌイ言うたら、あかんのや」

「へえー、どうして」

「ボン・ソワールがええ。夜、別れて……それですぐ眠るための夜があるわけやないわな。まだ大事な楽しみが残っとる、人類には。十二時かて、一時かてボン・ソワール。ボン・ヌイは本当に眠るとき。まだ楽しみがあるのに〝寝ろ〟ちゅうのは粋やない」

「それがフランス式か」

「ああ」

と、したり顔で頷く。これが徳さんなのだ。野球が終われば、りっぱな知識人だ。

繁華街に入る交差点で信号が青に変わると、

「この先だ」

「オニバ」

と得意そうに言う。

「なに、それ?」

「鬼婆(おにばば)やないぞ。さあ、行こう、や」

「へえー。おかしなこと、言うんだな」

「仕方ない。外国語じゃろう。鬼婆の先が青魚だ」

「青魚は元気のもとだ」

「そう覚えればええ」

表通りから細い路地に入りこみ笑いながらサバのドアを押した。

「いらっしゃい」

「いらっしゃいませ」

店内は混んでいる。

三カ月ほど前、近道をまちがえてしまい、たまたまトイレが借りたくてドアを押した店だった。私の住むアパートは近い。直線なら一、二キロだろう。しかし、このあたりは道が入り組んでいる。あのとき……入ってみると笑顔のすてきなホステスがいて、それからは時折、覗くようになっていた。ナイト・キャップを求めて立ち寄るようになった。老年のバーテンダーに、五十過ぎのママ、そして三、四人の女性が日を替えて一人か二人、勤めている。愛ちゃんはその一人。トイレの前でおしぼりを持って笑っていた。笑顔が抜群によかった。一瞬、

——懐かしい——

ノン、ノン。懐かしいと感じたのは、少し後のことだったろう。わけもなく、

——好ましい——

それが先だった。一瞬の印象だったろう。あとで独り分析して、その好ましさに懐かしさが混ざっている、と考えたのだ。

この夜はカウンターの隅だけが空いていた。徳さんと二人並んで腰をおろし、とりあえず愛ちゃんが前に立つ。

「こんばんは」

「うん」

「めずらしいわね、お二人で」

「うん」

徳さんを紹介する間もないほど店は忙しい。

この店にカラオケはない。徳さんも私もカラオケは好まない。徳さんは〈六甲おろし〉しか歌わないし、私は……そう、

——加山雄三の〈君といつまでも〉くらいかな——

明るい歌が好きなのだ。演歌は暗い。とにかくこの人生、明るいのが一番だ。私は幼いころに母を失い、寂しい子ども時代を過ごした。パン屋に憧れを抱き、それが結局製

パン会社に職をえることにつながったような気もするが、仕事はずっと総務系統で、これならばどこへ勤めたって大差はなかったろう。

徳さんは事務用品メーカーの社員で、これも人事課がもっぱららしい。しかし、おたがいに仕事の話はしない。会社に不満があっても訴えない。私は厭なことは胸の中に、と、それを身上としているから、親しい徳さんに対してもこれが当然のビヘイビアである。意図的に努めているが、ある日、ふと気がつくと、徳さんもそうなのだ。

「どうして?」

と尋ねれば、

「まあな。厭なことは避けるほうがええ」

徳さんもまた私との関係においては、ことさらにシビアーなことは避けているのだろう。

水割を二つ、カウンターに並べ、小声で、

「おめでとう」

ここにはジャイアンツ・ファンもいるだろう。

「ええな、ええな」

この夜は、なんとなく徳さんをサバへ誘ったのだ。新しい憩の場を見つけたので徳さんに、

――ちょっと見せておこうか――

と、これも嘘ではないが、もう一つ、見せておきたいものがあった。

「ごめんなさい、こんな席で」

と愛ちゃんは……愛子は声が明るい。

「いや、混んでて結構じゃないの」

徳さんのポケットからイヤフォンの白い線が垂れているのを見つけて、

「ラジオ？　いつもお聞きになるの」

徳さんが苦く笑って、

「古いな。プロ野球を聞くんや」

「あ、そう。いいわね」

それ以上、この話は続かなかったように思うのだが、また新しい客が入って来て、

「行こうか」

「ああ」

長くはサバにはいなかった。

さっきより月が冴えている。路地には人通りがなく、烏が未練がましく網のかかった

ごみ袋を覗いていた。

「ええやないか」

「なにが」

「あの娘。愛ちゃん言うんか」

徳さんは、私のもう一つの目的を察していた。なにも話してなかったのに……。

「あはは、ちょっと親しい」

「ええ娘や」

「どうしてわかる？」

「タイガース・ファンやからな」

それが理由とは……苦笑するよりほかにない。

「いつ聞いた？」

「うん。あんたがトイレに立ったとき」

徳さんにとっては、これが一番大切な物差なのかもしれない。

「大阪の女性は、おおむねいい人になってしまう」

「それでええのや。だいたい正しい」

「そんな馬鹿な」

「コーヒー飲も」

「いいよ」

徳さんはアルコールよりコーヒーのほうが好きなのだ。カウ・ベルの鳴る茶色いコーヒー・ショップが繁華街の角にあった。私はレギュラーを頼むが、徳さんはメニューに備わっていればアイリッシュ・コーヒーを飲む。

「えーと、レギュラーとアイリッシュ」

「はい」

レギュラーはすぐに運ばれて来たが、アイリッシュは少し時間をかけ、テーブルの上に置かれても細いグラスの上の空気が蠢いている。そこに火をつけると、ボッと燃えあがる。火が消えるのを待つ。

「耐熱ガラスなんだろうな」

「そやな」

と呟いてから、かき廻し、

「恋のように甘く、天使のように清く、悪魔のように黒く、地獄のように熱い」

という台詞は、すでにこれまでにも二度、三度聞いた。上等なコーヒーを言うのだろうが、

「甘いのは体によくない。中年は糖分控えめがいい」

「恋かて中年以降は甘いばかりやったら、あかん」

「苦いのは困る」

かき廻すと白と黒と二層に分かれていた細いグラスの中身が、たちまち乳白色に変わ

る。私は滅多に飲まないが、これは色だけではなく冷たいクリームと熱いコーヒーが混じって、ほどよい温度になるはずだ。徳さんが口に含み、

「うまい」

と頷いてから、

「ええ線、行ってんのか」

と顎でドアの外を……サバの方向のつもりなのか、大げさに指した。

「まだ。そんなんじゃない」

「うん？　東海道なら……」

これは私たちの、よく言う物差だ。

「品川かな」

「おい、おい。品川あたりやったらどうにもならん。もっと行け」

「うーん。正直まだ品川よ」

「気にいってんねやろ？」

「笑顔がいい」

「あんた、それが大事やさかいなあ。品川は仕方ないけど、この先、行く気があるんか、ないんか……」

「わからん」

「あかんな。あんた、独り者なんやさかい、どないしても、かまへんわ。ドーンとやりなはれ」

「あははは」

「まじめな話、ええ娘やと思うわ」

「タイガース・ファンだし」

「それは、おいといて……明るくて、性格よさそうや」

「うん……。笑顔がいい」

と同じことを呟いた。

いくら親しい者同士でも深くは話せない。相手のあることだし、私自身も本当のところ、どう考えていいのか迷っているのだ。

「笑顔のええ娘は上物や。あんた、ようそう言いはるけど」

「懐かしいんだよな」

「うん？」

ふと徳さんに話す気になってしまった。

「俺、生まれてすぐから、主にお手伝いさんに育てられたんだ。お袋は病気がちで……たまにしか抱いてもらえん」

「覚えとるんか、その時分のこと」

「よく覚えてるのは、お袋が死んでから、だな」

「いくつ？」

「三歳かな」

「その前は？」

「ぼんやりとしか知らん。よく覚えてるのは、おねしょをしても、お袋には言えなかった」

「なんで」

「なんとなく。お手伝いさんには言えた。後で考えると、お袋には遠慮してたんだ、子ども心にも」

「ええとこ見せたかったんやな」

「そうかもしれん。とにかくなついてたのはお手伝いさんのほう」

「なるほど」

「この女、田舎の人だったけど、笑顔がよくってね、見るとうれしかったな。きっと生まれてすぐから好きだったんだろ、俺は」

確か、春乃という名前だった。春ちゃんと呼んでいた。

「なるほど」

と徳さんはおもむろにアイリッシュ・コーヒーの残りをすすった。

「もう一ぱい、飲む？」

「いらん。あんた、飲んだらええ」

「いや、俺もいい」

徳さんは両手の指先で輪を作り、その中にいい考えが入っているみたいに覗いてから、

「昔、犬を飼っとった」

と、突飛なことを言う。

「うん」

「どこかの家で飼われて一歳くらいになってたんを親父がなんか事情があってもろてきたんや。こんくらいの柴犬……」

と両手を広げ、

「俺、一生懸命世話したんや。ようなついてくれた。尻尾なんかちぎれるくらい振ってな。しかし、なんかの拍子、独りでじーっと遠くを見ているときがある。俺、四年生やったけど、わかったな。こいつ、昔の飼い主のこと思ってるんや、懐かしいんやわ。そういうもんなんや。生まれたとき育ててくれた人……。かわいがられたら一生忘れん。あんたもナ、言っちゃむごいけど、お袋さんよりお手伝いさんを親やと思ってたんや」

「ありうるな。その女の笑顔がよくって……サバの娘と少し似ている」

三カ月ほど前、サバで初めて見て好ましく思い、わけもなく懐かしく思ったのは……

このことと関わりがあるのではないのか。性格はきっとちがうだろうが……。

「そりゃ……えらいこっちゃ。ほんまもんかもしれんな。そのお手伝いさん、今、どうしちょる」

「死んだ、らしい。十年以上前だろ」

「ふーん。ちょっとしたストーリーやなあ」

「懐かしいの、気のせいかもしれん」

「せいぜい通うて、あんじょう確かめてみることやな。品川よりもっと先まで行って」

「あはは、あんまりけしかけないでくれよ」

と首を振った。

――今夜は、このあたりでいい――

これ以上はプライベートな心情は語らずにおこう。話題を変えるのはたやすい。

「今夜は、おめでとう、なんだろ」

「えっ。あ、たまに勝っても、あかん。今年も心配やな」

「そうなの？」

「金本(かねもと)、なに考えてけつかるか」

「金本って、だれ？」

「監督や」

「凄い選手だったんだろ」

「選手としてなんぼ凄くても監督はべつや。去年なんか新人ばっか使いよって。打順なんかどんくらい変えたか。おかげでBクラスや」

「育成を狙ったのかな」

「なんぼ育成いうても育たんかったな。ファンは二軍戦を見てるようなもんや」

「じゃあ今年は……」

「あかん。また二軍戦かもしれん」

「ふーん」

　ボロクソに言っているが、ゲームが始まると徳さんの顔は断然輝いてしまうのだ。そしてタイガースが勝てば大喜び、負ければクソミソ。同じパターンを繰り返している。

　徳さんが時計を見た。

「行く？」

「ああ」

　と伝票を持って立つ。

「いいのか」

「お祝いや」

　タイガースが勝った日は、なにかしら徳さんはお祝いをするのである。

春の花びらが一つ、三つ、二つ、白い虫のように舞っているが、吹く風はさらに冷たくなった。明日は雨かもしれない。

眠れない夜は、東海道五十三次の宿場をたどる。日本橋から順に思い出す。学生のころに覚えて、昨今は睡眠薬の代わりに役立っている。すなわち品川・川崎・神奈川・程ケ谷・戸塚・藤沢・平塚・大磯・小田原・箱根・三島・沼津・原・吉原・蒲原・由比・興津・江尻・府中・鞠子・岡部・藤枝・島田・金谷・日坂・掛川・袋井・見付・浜松・舞坂・新居・白須賀・二川・吉田・御油・赤坂・藤川・岡崎・池鯉鮒・鳴海・宮・桑名・四日市・石薬師・庄野・亀山・関・坂下・土山・水口・石部・草津・大津そして京。五十三より多い理由は忘れたが、徳さんに言わせれば、

「もっとある」

「そう？」

「伏見、淀、枚方、守口、そして大阪や。大阪を入れずに、どないする」

なのである。徳さんに敬意を表して私も暗い脳裏に並べてそこまで数えることにしている。途中で忘れることもあるし、こんがらがってしまうこともあるし、もちろん終点にたどりつく前に眠ってしまうこと、これがなければ睡眠薬の代わりにはならない。

——品川の宿か——

と思って眼を閉じたが、思いはすぐに恋の行方のほうへ移った。

——品川よりは少しは進んでいるだろうが、まだせいぜい程ヶ谷あたりかな——

サバを訪ねれば必ず愛子が前に立ち、だれよりも多く話を交わすくらいのところ……。

笑顔と細い眼がなにかを語ってくれる、といったレベルだ。

——確かに春ちゃんと似ている——

笑うと白い並びのいい歯が目立つ。春ちゃんは賢くはなかったが、性格はサッパリしていた。よいことはよい、悪いことは悪い、単純明快で、わかりやすい。映画を観に行くと、

「この人、いいもんよ」

と、すぐに教えてくれた。私が大きくなって外国映画に誘うと、

「わからないから、いい」

と尻込みをし、たまに行っても今度は、

「この人、いいもん？」

と尋ねる始末だった。

美空ひばりとラーメンが好きだった。

——愛子は少しちがう——

歯並びはいいが、歌は〈飛んでイスタンブール〉なのだ。〝うらまないのがルール〟

という歌詞が好きなんだとか。こだわりの薄い性格のようだが、

――本当にそうだろうか――

男と女の仲なんて、まったくの話、恨まないのがルール、それが一番いいのではあるまいか。

あれこれ思ううちに夢を見た。知らない町を歩いている。うしろから春ちゃんが追ってくる。

「待って」

春ちゃんが愛子に変わる。町そのものが双六（すごろく）になっているらしい。賽（さい）ころが二つ転がって六と三、九の目を示す。縁起がいいのかもしれない。大阪のゴールで踊っているのは徳さんだろう。タイガースが勝っているらしい。

一カ月ほどたって、また徳さんとK駅の本屋で待ち合わせた。私のほうが少し遅れた。雑誌をめくっている徳さんに近づいて、

「元気？」

「元気やないわ」

「どうだった？」

と尋ねたのは人間ドックに入るようなことを言っていたからだ。

「あかん」

「どこが悪い？」

「サードや」

「サード？」

歩きながら漏らす声が聞きづらく、私は、

――サードって器官、あったかな――

膵臓（すいぞう）とか脾臓（ひぞう）とかの英語名を考えたが、

「知らんのか、きのうのゲーム」

「俺が？　知るわけないだろ」

「そうやな」

自嘲を頬に浮かべたが、

「どうもならん。九回ツー・アウトやで。二点勝ってたのにサードがエラーや。そのあとホームラン打たれよって、逆転敗けや。腹が立って腹が立って、どうもならん。新聞を見る気にもならん」

タイガースが敗けた次の日は、徳さんはほとんど新聞を見ないし、テレビのニュースも避けるらしい。サードは臓器ではなかった。

「ここんとこ、こんなんばっかりや。エラー、逆転敗け、押出しフォア・ボール、チャンスでゲッツー。ほんま、生気のないチームや」

「このあいだ聞いたぞ。タイガース・ファンはマゾだと」

「マゾ？　よう言うてくれるわ。そうかもしれん。なんぼ敗けても、好きやねんさかいなあ」

「ダメ虎とか」

「今年もあかんわ」

しばらくはダメ虎談義が続いたが、ふと、

「あんた、どうや？」

「うん。元気だ」

「そうやない」

と顎で行先を指し、

「鞠子あたりまで行ったか」

「鞠子？」

「そうや。品川を発って……」

「ああ、それか。まだ、だな、鞠子は。小田原くらい……」

もう品川ではないけれど……店が終わったあと茶漬け屋へ誘った。深夜のバーへも行った。手を握った。少しずつ親しさが進んでいる。愛子はママの従妹だと言っていたが、

これは作り話らしい。郷里は水戸で、母親がそこに一人で暮らしているらしい。もちろん彼女は独身……と、これは、

——多分そうだろう——

と推測しているだけのことだ。

「小田原じゃ、しょうないわ。男がリードせんと、なんも始まらんぞ」

「そうなんだろうな」

という情況だったのに、先週一変した。

突然、愛子のほうから……誘われたのだ。

「お会いしたいの。お話があるの」

「あ、いいよ」

初めは、無邪気に肩をすくめて、

「お肉をご馳走(ちそう)してほしいの」

だった。

「いいよ。ステーキ?」

「ううん。おいしい焼き肉」

「いいよ」

六本木の店へ誘った。午後五時前。客は疎らだった。窓寄りの静かな席に向かい合い、

「おいしいね」

「ここは、うまい」

愛子はおしぼりで口を拭ってから、

「あの、お店、辞めちゃった」

「いつ？」

「きのう」

「へえー、どうして」

「いろいろ。故里（くに）に帰るわ。向こうに都合があって」

「ほう？」

くわしく聞くより先に、

「アパートも引き払って……今夜の宿、どこか取ってくださらない？」

「うん……いいけど」

「ホテル」

「いいけど」

宿だけの問題ではあるまい。

「上野あたりがいいかな」

「ええ。どこでも」

席を立ってホテルを予約した。

「グラッパ、飲んでいいかしら」

「いいけど……。強いんだろ」

「お肉によく合うのよ」

愛子は酔い、それ以上に酔いを装った。タクシーでホテルへ乗りつけ、そのまま夜をともに過ごすこととなった。

——早駕籠かな——

たちまち池鯉鮒あたりまで来てしまったのではあるまいか。

滑らかな肌が心地よい。

それよりもなによりも表情がすばらしい。愛子は明るい照明を厭わない。光の中であどけない笑顔が妖しく変わる。悩むような、訴えるような、なにかに耐えられないような……。

——演技ではない——

天性のものを感じた。

とはいえ、私はこんな営みに慣れているわけではない。年相応に女性経験はそこそこにあるけれど、

——みんな似たようなもの——

喜びはあったが、特筆するほどのことはなかった。それが、

――ちがう――

かたわらに寝息を聞きながら考えた。

――みんなが関心のあることなのに、わからないことが多いんだよなあ――

淫らな情報は山ほどあるけれど、真面目な入門書は見かけない。私は知らない。つまり、

――セックスをどう考えたらよいのか――

男はどうふるまい、どう喜び、どう高めればいいのか、女はどう受けて、どう享受したらいいのか。一番の作法はなんなのか、心の営みは、どうあるべきなのか。

――男のほうは、まあ、わかる――

わからないでもない。

――しかし、女は――

よい資質というのがあるだろう。天才もいるのかもしれない。

まんじりともせず翌朝、軽いブレックファストをともにして別れた。

「月にいっぺんは来るわ。仕事があるから」

「うん」

「宿を取ってくださいな。会えるとうれしいわ」

「わかった」

「私から連絡します」

事情があるので携帯電話など、あまりかけないようにと懇願された。どの願いもさわやかだった。そういう人柄らしい。

この女がひとしお好きになった。考えるだけでいとおしい。

――大丈夫かな――

不安が……どこかに悪しきことが潜んでいるような懸念はないでもなかったが……そんな疑いは、

――ふさわしくない――

そう思わせる気配が見え隠れしていた。

徳さんは凄い人だ。タイガースについてはまったく馬鹿そのものだけれど、人間を見ること、世間を知ること、情況を察すること……独特な嗅覚を持っている。

「あの女はええ」

「タイガース・ファンだから？」

「それもあるけど、もっとええ」

徳さんが言うのだから、きっと正しい。あい変わらず、

「タイガースは阿呆が多くて、あかん。下手くそは仕方ないが、全員そろって頭がわるいわ」

昨日はべちゃ敗けをしたらしい。ぼろ糞にけなしていたが、話に乗れない私を見て、

「どや？」

「なにが」

「浜松くらいまで行ったんか」

と薄く笑った。見抜いているらしい。

「うん。ちょっと進んだかな」

この日もコーヒー・ショップ。しかしアイリッシュはメニューになかった。アイス・コーヒーのグラスをかざして、

「顔ぼれ、気ぼれ、床ぼれ、ちゅうんや」

「なによ、それ」

「男が女に惚れるときや。顔で惚れる。器量のええ女ゆうこっちゃな。このごろはスタイルも入るやろうけど」

「なるほど。容姿に惚れるわけだ」

「気ぼれゆうのは、性格や。気性がええ。性格がよく合う。それで好きになるんや」

「なるほど」

「最後は床ぼれ。ベッドに入ると、えも言われずええ。ふふっ」

少し淫らに笑った。

「あるんだろうな、それも」

「大会社の偉い社長さんなんかが、つまらん女に入れあげたりする。これやな、きっと。端からは、ようわからん」

「なるほど」

同じ言葉しか出ない。

「どこまで行きなはった？」

と、あらためて真顔で丁寧に聞く。

「まだまだ……道なかば。池鯉鮒あたりかな」

「深入りも、ええかもな。結婚とか……」

「いや、それは、ない」

深い考えもなく言ってしまった。なんとなく〝それは、ない〟と、そんな気がするのだ。

――向こうが望んでいない――

どうもそうらしい。なぜ……。わからない。まだその段階ではない、と、それはその通りだろうが、

——彼女の望みは、それじゃないみたい——

月一回のデート。ホテルを取っておくこと……。それから過日は、

「少しお金を融通してほしいの。少し困っちゃって」

「うん」

若干を貸してやった。

「ありがとうございます」

さらに追いうちが……追加の無心があるかもと危ぶんだが、それは、気配すらない。

本当に〝少し困っちゃって〟と、一時的なものだったらしい。そう思いたくなってしまう。

道のりは会うたびにどんどん進んで……どこが上がりなのかわからないが、男女の仲としては、

——京都も大阪ももう遠くないのかな——

そんな自覚を抱いたりしたが、

——しかし、わからんなあ——

はっきりしない事情が多い。多過ぎるのではあるまいか。水戸では、なにをしているのか。アクセサリー関係の商売をしているらしいが、小売りなのか卸売りなのか。

——夫はいない——

と思うが、男が……そばに同業のだれかがいるのかどうか、その仕事で生計が成り立っているのかどうか、なにかしら、たとえばアパート経営など、資産があるのかどうか、母親がいるらしいが、

——まさか子どもがいるわけじゃないだろうな——

秘密が多い。それを秘密と思わせない不思議さがある。水戸の住所も、

「ううん。いまに引越すから」

と首をすくめている。

「わからないほうが、いいのよ」

疑うこと自体が、二人の仲をこわす……らしい。

——どうしたらいいのか——

今のままでなんの不都合もないのだから、

——このままでいいか——

あえて変化を求めることもあるまい。

徳さんはそんな私の心境を察したらしい。この日もタイガースはべちゃ敗け。下手くそで、頭のわるいのばかりがそろっているらしい。だが、徳さんはふと、正気にかえって、

「ノー・ツーは心の又だ」

と、わからないことを言う。

「なによ、それ」

こんなことには、こっちも慣れている。

「ノー・ツーはな、ノー・ストライク、ツー・ボール、わかるな」

「それくらい知ってる」

「そこでフォア・ボールを狙うか。あるいはピッチャーはええ球投げてくるさかいヒッティングに切り替えるか、境目や。心を決めな、あかん。心の又ちゅうのは精神の岐路や。又は分かれ道や」

「うん」

この説明は……バッターの心得はわからないでもない。すると、

「愛という漢字を分解すると、ノ、ツ、ワ、心、ノ、又、じゃ。すなわち、ノー・ツーは心の又、となるんじゃ」

「へえー」

と指先で〝愛〟の字を書いてみた。たどってみた。

「ノー・ツーのときは、どっちかちゃんと決心せなあかん」

「どう決心すればいい?」

「そやから、それが愛や。どっちに愛があるか、そこが決め手やな」

「うまいこと、言うなあ」

　とりあえず感心して見せた。

「タイガースの阿呆どもはノー・ツーになっても、なんも考えておらへん。わるい球、から振りするし、ええ球見送る。フォア・ボールにもならんし、ヒットも打てへん」

　それからまた悪口が始まり、延々と続く。

「そんなひどいチーム、なんで長いこと、懲りもせず応援してる？」

　徳さんがギョロリと眼をむく。おもむろに、

「しゃあない。タイガースは大阪の魂やさかいなあ」

「いくら魂でも……」

　徳さんがゆっくりと顎を落として頷いた。

「俺は迷わん。愛しているからや」

「とことん愛してるんだ」

「ああ。とことん愛しとる。そやけど……」

「そやけど？」

　と尋ね返すと、徳さんは胸を撫で、

「愛しとる、愛しとる」

「うん？」

「愛しとる、けど、信じとらへん」

「えっ」

「愛しとるけど、信じとらへんのやなあ」

笑ったが、頬のあたりは少し悲しそうに映った。

「なるほど、ね」

世の中には〝愛しているけれど、信じちゃいない〟〝信じていないけれど、愛している〟と、そんな心境が……そんな現実があるのかもしれない。そして、

――それはそれで、ありなのかもしれない――

私はコーヒーの残りをすすり、ことさらに首筋を撫でてみた。

いろいろな幽霊たち

少女の心は病んでいた。

悲しいと言えば悲しいけれど、思い返してみると少しユーモラス、笑ってしまうところがないでもない。それにしても幼いころの思案が一生に関わることなんて、本当にあるのかしら。

私は小学三年生。なぜかいじめられていた。おとなしくて、目立たない子だったのに……。友だちがいない。みんなにしかとされる。筆入れや上履きが急に消えてしまう。服装にもなにかとけちをつけられた。

わるいのは野田さん。もみじ、それから悦ちゃん……。

――今ごろ、みんなどうしているのかしら――

少女はいじめられても歯向かうことができず、辛くて、悲しくて、本気じゃなかったけれど、自殺を考えたこともあった。

――死んだあと、どうしよう――

それを考えたのだから根が楽天的なのかもしれない。

——お化けになって絶対に復讐してやる——

独り、せっせと対策を考えた。

——お化けって、どこに出るのかしら——

まずそれを思案した。

まっ先に浮かんだのは、井戸の中からヒュル、ヒュル、ヒューッ。「うらめしや」と、さしずめこれは〈番町皿屋敷〉のイメージ。どこかで聞いて知っていたのだろう。

——でも、このごろ、井戸なんて、どこにあるの——

これが問題だ。出場所がない。

——じゃあ、トイレの中——

確か下のほうから白い手が出てきて「紙、おくれ」とかなんとか言うんだっけ。これも小耳に挟んだ知識だろうが、

——水洗じゃ駄目でしょ——

夏のキャンプ場で古いトイレを見たことがあったけれど……ポカンと暗い穴が落ち込んでいて怖かったけれど、今では和式のトイレだってあれとはちがう。街では皆無だろう。

——やっぱり夜道ね——

暗い道をたった一人で歩いているとき……。

でも野田さんやもみじが、ちょうどうまいぐあいに、

——歩いて来るかしら——

歩いて来るとしても、そのチャンスをどうやって知るのか。お化けにはきっとそれがわかるのだろうけれど、少女には知りようがない。思案にあまるものが多い。それよりもなによりも、

——お化けって、どうしたらなれるの——

四歳年上の従兄(いとこ)に聞いたら、

「死ななきゃなれない」

「死んだらなれるよう今からお願いしておきたいの」

旅行だって音楽会だって大切なことはみんなあらかじめ予定を立て、ちゃんと用意をするじゃないの。

「うーん、と、そりゃ、やっぱお墓へ行って願っておくのがいいんじゃないか」

ちょうどお彼岸の墓参りが近づいているときだった。ついでに、

「お化けって、どこに出るの？」

日ごろの疑問をぶつけると、従兄はちょっと考えてから、

「寝ているときだな。金縛り。なったことないのかよ」

「金縛り？　知らない」

「なんも知らんのだな。夜、布団の中で眠っていると、急に体が強張って動けなくなる。怖いぞ」

「うん……」

よくわからなかったが、とにかくお墓の前で祈ってみた。

すると、数日後、野田さんと悦ちゃんが立ち話をしているのが耳に入り、

「……寝てるとジワジワって足のほうから襲ってくるのよね」

「そう。もーれつ怖い」

「お布団で押さえられてるし」

「体、動けなくなるわ」

「そう。金縛り」

「怖いよ」

二人ともひどいめにあったらしい。私の願いが効いたのかもしれない。

「生霊ってのも、あるぞ」

これも従兄が怖い顔で教えてくれたことだ。

「生霊？」

「ああ、生きたまんまお化けになる。そうして憎い奴のこと襲うんだ」

「ふーん」

私がお墓で祈ったおかげで生霊になれて、それが野田さんたちを襲ったのかもしれない。その後、野田さんは転校し、いじめも下火になった。

因果関係はよくわからない。ただ、いじめられたり、ひどい仕打ちを受けたときには、

――お化けになって……生霊でもいいけど、復讐すればいいんだ――

その手がある、と思うだけで気持が楽になった。だれにでも通用することかどうかはわからなかったけれど、いっとき私には役立った。びくびくすることもなくなり、しかも、ともされなくなった。もちろんお化けは……いろいろ聞かされると怖かったけれど、

――いいお化けも、あるのよね――

幽霊に興味を抱いたのは本当だったし、その手の話に耳を傾け、本などで読んだり、テレビの番組を探したりしたはずだ。ずいぶんと怖いケースもあったけれど……。

まったくの話、成長のところどころに幽霊談が散らばっていた。病院で死んだ人から知らせが届く。死んだ女の子が夜中にピアノを弾いている。鏡に映る青い影……。月並みな話に交じって、ユニークな怪談もある。たとえば……高校三年生だった。ラジオ・ドラマだった。ヒロインの悲痛な声が聞こえ、

「あなた、お願い」

「なんだ」

病人は死に瀕(ひん)している。

「せめて足音だけでいいから、ね、ときどき訪ねて来てくださいね」

「わかった」

ヒロインはアパートの一室で、男の足音が訪ねて来るのを待とうと言うのである。日ならずして男は死に、その願い通り、なにかのおりに〝コツ、コツ、コツ〟と聞こえて、足音が近づいて来る。女は静かに聞き耳を立てる。

怖い。とても怖い。でも音楽や効果音や、もちろんナレーションや台詞(せりふ)もあって、ロマンチックに作られていたから、

――いい感じ――

楽しめるところもあった。

ヒロインはけっしてドアを開けない。足音だけを聞いて男と過ごした美しい時を思い返すのだ。そして結末は……ヒロインは新しい恋人にめぐりあう。そんな夜に足音は静かに遠ざかっていく。

――すてきなお化けもいるのね――

と思った。

それから何年かたって……作者は忘れてしまったけれど、確か〈夜間飛行〉とかいう

小説をななめ読みして親友の朋子(ともこ)と話しあったっけ。

朋子は口を尖(とが)らせながら、

「〈夜間飛行〉って、長い小説でしょ、フランスの」

「ううん。短編だったわ」

「外国人？　書いたの」

「ううん。日本人だったみたい」

「お化けの話？」

「そうなの。夜間飛行って名の香水があるのよ。恋人がそれをつけてて、死んじゃって、それで夜中にその女(ひと)のこと思っていると香水の匂いだけが訪ねて来るの」

「へえー」

「ロマンチックでしょ」

「ええ。まあ……」

「訪ねて来るだけよ。エレベーターの中からスーッと出て来て廊下を歩いて行くの、匂いが」

「それだけ？」

「うん。夜ごとに訪ねて来るから男はそれにくるまれて」

「愛の一夜を過ごすわけね」

「いいじゃない」

「でも夜中に、あるわね。マンションなんかでエレベーターのドアが開いて、匂いだけが揺れてたりして……」

「そう」

「でも、やっぱり本物が訪ねて来るほうがいいわね」

と朋子は現実主義者なのだ。

「本物だったら怖いじゃない。死んでるんだから」

「そうね。やっぱり匂いがいいか。とびきりいい匂い」

「そうよ」

私は香水に興味がないし、あのころは恋人もいなかったし、死んでも恋しい人のところへ匂いとなって訪ねるストーリーを親身に実感することはできなかったけれど、

――でも、すてきなお化け、ね――

自分が幽霊になるケースを夢想しないでもなかった。

「変な趣味ね」

「変でもいいの。空想していると楽しいから」

「みんな怖がりながらもお化けの話、好きだもんね」

「そう」

これは本当かもしれない。小説でも演劇でも、音楽でさえ、お化けはよく登場する。子どもばかりの好みとは言えまい。

朋子とは……このときではなかったと思うけれど、

「一番怖いお化けって、なに」

馬鹿らしい話をしたことがあった。

「怪談?」

「そう。実物見たことないんだから、お話よね、やっぱり」

「まあね」

「本物はべつにして、お話で一番怖いのは、なに? 〈四谷怪談〉とか……」

「ちゃんと聞いたことないから」

「そうよね」

お岩さんはひときわ有名だけれど、どこで、どうして、どう化けたか、きちんと知っている人は少ない。

「歌舞伎なんかでやるんでしょうけど」

「舞台ってサ、ドロドロドロドロ、太鼓なんか鳴らして驚かすのよね」

「やる人が怖い恰好(かっこ)するんでしょ」

「でも、そういうの、わざとらしくて、かえって怖くないこともあるわよ。マンガチックで。映画なんか張りぼてのお化けなんか次々に出てくると興ざめよ」

「お化け屋敷もそうね。怖いのはお化けじゃなくって、係の人がいきなり飛び出して来たりして、こっちを驚かせようとするのよ。女の子は厭よね」

「女性相手だと、なんかいやらしいこと、するんじゃないのかしら」

「最低よね」

朋子は電車の中で痴漢にあい、その手をつかんで「この人！」と叫んだことがあるんだとか。

「ほんと」

「でも一番怖いお話は、そうね、彼から聞いたんだけど……」

と真顔で言う。朋子には親しいボーイフレンドがいたのだった。

「ええ」

「彼、京都のホテルに泊まったとき、夜中に眼さましたら、ベッドのすそのほうをね、ドアから窓のほうへ、白い女の人がスーッと歩いて行って消えたんですって」

「本当に？」

「彼、真面目な人じゃない。嘘言わないわよ」

「そうね」

と頷いたが、これればかりはわからない。大真面目でガールフレンドを担ぐようなこと、絶対にやらないとは限らない、と私は思う。ほかのだれかから聞いた話かもしれないし……。〝担ぐ〟と言うより怪談には、この手の伝聞が多いのだ。でも朋子は真顔で、

「本当に見たらしいの。驚いてフロントに電話をして、まさか〝お化けが出ました〟って言うわけにいかないでしょ、大の男が。それでただ〝部屋を替えてくれ〟って言ったら、〝はい〟って、なんにも理由を聞かないで、すぐに替えてくれたんですって。それが怖いんだって……」

「ときどき出るんだ、その部屋は」

「ホテルの人は知ってるのよ」

「かもね」

と答えておいたが、実話なら相当に怖い。

朋子はずっと硬い表情だった。

「京都は出るのよ」

——お化けって本当にいるのかしら——

信じられないけれど、完全に否定するのはむつかしい。人間の心の深い部分とつながっていることだけはまちがいない。

大学で民俗学を専攻したのは、どこかに怪異への関心を抱き続けていたせいかもしれ

ない。月並みな学生生活を送り、卒業論文には、これはお化け関係ではなく、まともにベネディクトの〈菊と刀〉を選んだ。欧米人の見た日本文化論として一度はきちんと読んでおいてよい本だろう。指導は高津信之先生で、一癖ある人柄だったけれど、夏休みのゼミナール、四人の学友といっしょに箱根へ行ったのが懐かしい。二泊三日の旅。午後いっぱい講義があり、二日目の夜には、

「今夜は百物語をやるかな」

と先生が言いだした。

「なんですか」

「知らないのか。みんなでお化けの話をするんだ」

だれかが調べて言うには〝怪談を語りあう会の一つ。夏の夜などに数人が集まって百本のろうそくをともし、次々に怪談を語ってはろうそくを消していく。百本のろうそくが消え、まっ暗になったとき、怪異が現われる、とか〟である。

「私たちが話すんですか」

「そうだ。一人が一つずつ」

と、ろうそくを五本ともした。夜の八時は過ぎていただろう。

「厭だあ」

「悪趣味いー」

小声で囁いたが、食堂に集められて、

「これも民俗学だ。さ、端から順に」

と先生は独りうれしそうだ。

「まじ、ですか」

「もちろん。さ、一つくらい知ってるだろ。じゃ清田さん」

先生の右に坐っていた清田さんが、まず指名された。指導教授に命じられたら厭とは言いにくい。清田さんはなんでも器用にこなす人だ。先生の覚えもめでたい。一番バッターにふさわしい。

少しためらっていたが、頰で笑って、

「あのう、子どものころ近所に踏切りがあったんです。ローカル線が走っていて……」

「岐阜だったよな」

「はい。踏切りと言っても警報機もないし遮断機もなかったみたい……。その手前で〝渡ろうか、どうしようか〟って迷っていると、向こう側にかわいい男の子が現われて〝おいで、おいで〟をするんですね。あんまりかわいいから、つい線路を渡ろうとして踏み出すと、そこへ電車が来て、ダダーン、何人死んだかわからないって、そういう噂なんです」

「なるほど。美少年は意外に怖い。それで？　おしまい？」

　小さく首を振って、

「そんな噂を聞いてたもんですから、ある日、夕方だったかしら、私、一人で散歩に出て、線路の近くまで行って、〝あれ、どこにあるのかしら〟……。噂はよく聞くけど、どこにあるのか知らなかったんです、その踏切りが。それで、なんとなく歩いていたら、おじさんが出てきて〝なにしてんの？　お化け踏切り探してんのか。じゃあ、こっちへおいで〟って」

「フィールド・ワークだね。いいよ」

「よくないんです。変なおじさんで……私、危いって思って、逃げました」

　みんなが頷く。

「そりゃ危い。お化けより怖い」

「はい。本当に怖かったんです。おしまい」

　と首をすくめる。

　笑いが流れ、ろうそくの灯が一つ消えた。清田さんは一番の美人、少女のころはさぞかしチャーミングだったろう。変なおじさんに狙われて……これは本当に危い。

　――こんな話で、いいのかしら――

　でも、まさか芸能人みたいにうまくは話せない。先生は満足なのか、

「上等、上等。はい、次は柏木さん」

と命じる。名指しをされた柏木さんは最前から奥歯で硬いものを嚙んだみたいに顔を強張らせていた。坐った位置から考えて〝次は自分〟と、ろくに清田さんの話なんか聞いていなかったのではないかしら。それでも〝えいっ〟とどこかに急に飛び込むように語り始めて、

「小学校のおトイレですけど……」

「おっ、定番だね」

柏木さんは〝定番〟と言われた意味がすぐにはわからないらしく、一瞬キョトンとしたが、気を取り直して、

「私が入学する前のことなんですけど、学校のおトイレの一番奥のドア、そこへ入ると出られなくなるって、みんなが言ってました」

「なるほど」

「みんなが怖がるものですから教頭先生が生徒たちを集めて次々にドアを開けて、一番奥のドアも開けて中に入って閉じて〝どうだ、心配ないだろ〟って、わざわざ実験をして見せてくれたそうです」

「昼間だろ、その実験は」

「わかりません」

「夜になると、そうはいかん」

と先生が半畳を入れる。

「はい。そのあと、六年生の女子が……〝お化けなんて迷信よ〟って言ってた子が、夕方一人でそのおトイレに行ったんです。バタンて、ドアを閉める音が奥のほうから外に聞こえて、そのあとすぐに行った子が見たら、いつも五つしかないドアが六つあって……怖くなって逃げて来たんですね。六年生の子はそのまんま消えてしまって……今でもときどきドアが六つあるそうです」

「学校のトイレのドアなんか、いちいち数えるかなあ」

「女の子は見てます。男の子とちがって」

「消えるところへ入ったら、そのまんま出て来れないかもしれんな」

「はい……」

「いずれにせよ、昔の学校のトイレは無気味だったな。このごろは明るく、きれいになってるんじゃないのか」

先生は一つ頷いてから、

「じゃあ、高垣さん」

高垣さんは超がつくほどの真面目ちゃんだ。遊び心が薄い。お化けの話なんか話すような人じゃない。でも先生に促されたら真面目に応えるより仕方がない。一途に、決心したように話し始めた。

「怪談じゃないかもしれませんけど、叔父から聞いた話なんです。叔父は子どものころ、近所の男の子が持っている天体望遠鏡がうらやましくてたまらなかったんです。家ではねだっても買ってもらえないし、指をくわえて見てたんだけど、ある日、その子の家に遊びに行ったら、だれもいません。天体望遠鏡がしまってあるところは知っていたから〝今ならあの望遠鏡を〟って取り出そうとしたんだけれど、これって泥棒ですよね、ほとんど。盗むのはよくないし、でも取り出して覗(のぞ)いてみたいし、迷っていたら廊下の奥から影みたいなものが近づいて来て……よく見ると自分そっくりなんです。〝あっ〟て驚いているうちに、その影が望遠鏡を取って逃げて行ってしまいました。なんだかわけがわからず叔父が家に帰ると自分の机の下に望遠鏡があるんですね。〝盗んだんだ〟と思って、あわてて戻しに行って……そのままなにごともなく終わったんですけど、叔父は〝あれはなんだったのか〟って不思議で、不思議で、ずーっと悩んでいたそうです」

先生は真剣な様子で部屋の天井を睨(にら)み、

「うーん。おもしろい。心理学の分野だな」

と一同を見まわす。

「はい。それからずーっと後になって、このことを祖母に話したら、祖母はちっとも驚かなくて〝そうかい、そうかい、強い欲望があると、それが影になって現われて欲望通りのことをやってしまう。一生のうちに三度はそういうことがある。そういう血筋なんだ〃って教えてくれたそうです」

ペコンとお辞儀をして話し終えた。

「強い欲望が潜在意識となって、その通りの行動を起こさせるんだ、無意識のうちに。そういう血が流れているってことかな」

「そうみたいです。そのあと叔父は大好きな女の人に死なれて、その人のお葬式にどうしても行きたかった、でも大切な用があって行けなかった。なのに〝あなた、お葬式に来てましたね〃って二、三の知人に言われて〝やっぱり影になって行ったのかなあ〃と思ったそうです」

「なるほど。それが二度目？　三度目があるのなら、もう一つ？」

「まだらしいです。叔父はもう七十歳を越していますから〝三度あるなら、今度はなにかな〃って、なんだか期待しているみたいなんです」

「特別強い欲望を持たなきゃ駄目なんだな」

「はい。お化けじゃありませんけど、いいですか」

「結構、結構。自分自身のお化けだな、これは」

「はい」

「本当の話なら相当に怖い。叔父さんが三度目になにを願うか。じゃあ、ろうそくを消して。次、大久保さん」

　しかし大久保さんは顔色を青くして押し黙ったままだ。怪談が怖いのではなく、むしろみんなの前で話をさせられるのが恐ろしいのではないかしら。

「できません」

「そう言わずに、みんながやってるんだから」

「でも……」

「なんとか」

　下を向いたまま小さな声で、

「去年、父が亡くなって……」

「あ、そうなの。なまなまし過ぎるかな、怪談は」

　それも理由の一つかもしれないが、第一の理由ではあるまい。おびえているのに先生は追い討ちをかけ、

「しかし大学生なら発表くらいつねにできなくちゃ、いかん」

と、しつこい。

　大久保さんは急に思い立ったように、

「去年、父が亡くなって……」

「うん」

「翌日、空を見ていました」

「うん」

　と目顔で促す。

「とてもきれいな青空で、白い雲がポッン、ポッンと浮かんでて、気がつくと雲の群れが形を変えて……階段みたいになりました」

「階段？」

「はい」

　手でギザギザの段を作って上らせる。大久保さんは踊りの名取なんだとか。手の動きのきれいな人だ。

「あ、そうか」

「じっと見てたら〝あ、お父さんは天国へ行ったんだわ、階段を上って〟。それを私に伝えているんだって……」

「なるほど」

「それからもときどき見るんです。雲の階段を。それで階段の先に猫のような雲が浮いていたりして……。父は猫が好きで、飼いたがっていましたけど、母が喘息（ぜんそく）で、飼えないものだから残念がっていました。今は天国で猫と遊んでいるんじゃないでしょうか」

　みごとに話し終えた。

「いい話じゃないか。うまいよ」

先生はろうそくを消すように指示しながら頰笑む。ろうそくは残り一つとなった。私は、

——よかった、大久保さん——

ほっとしている間もなく、

「では最後、田宮さん、得意だろ」

先生の顎が私を指している。得意とまで言われるのは……釈然としない。むしろ戸惑っているのだ。でも仕方なしに、

「はい」

と椅子の上で姿勢を正した。

「特別おもしろいやつを」

ますます困ってしまう。確かにお化けの話ならいくつか知っているけれど、

——こんなとき、どれがいいのかしら——

ふさわしいものが浮かばない。ためらっていると、

「リアリティのあるやつ」

と促す。これがまた困った注文だ。
四、五秒と、ためらううちに、ふと思い出した。本当に怖かったのだ。
「映画ですけど……ずっと前に見たんですけど、男が妻を殺して新しい愛人といっしょ

に逃げるんです」

　自信が湧かない。われながら棒読みみたいな話し方だ。

「時代劇？」

「はい」

　よくは覚えていないが、現代物ではなかった。

「よくあるパターンだな」

　そう言われると、ますます話しにくくなる。

「はい。宿屋に着いて、二人でホッと一息。宿の女中さんがお茶を運んで来るんです。〝どうもありがとう〟〝はい、どうぞ〟って、見るとお盆の上に茶わんが三つ。男が不思議そうに女中さんを見ると〝あれ、もう一人の女のかた、どうされたのかしら〟……。これだけなんですけど、この一瞬、とても怖かったんです。駄目でしょうか」

「いや、怖い。もう一人の女がついて来たんだよ。女中さんには見えたんだ」

　よい知恵が浮かんだ。

「はい。この部屋もさっき係の方が〝どうぞ〟って七つ茶わんを持って来てくれて……六人ですのに」

　と見わたす。

「うん」

ろうそくが消えた。

「このあいだ、この部屋で亡くなった人がいたそうです」

指を開いて首に当て薄闇の中にフィクションを放つと、すかさず先生が、

「ほら、あそこ。知らない女が……」

と部屋の隅を指さす。

「いやだあー」

「こわーい」

叫びが笑いに変わった。もちろん部屋の隅にはだれもいない。

「田宮さんはなかなかのエンターテイナーだな」

笑いが収まると、

「今度は、先生。どうぞ」

とリクエストが出た。明かり取りの窓から外の光が入って、まっ暗ではない。

「私はやらんよ。本当にお化けが出ると困るからな」

手を伸ばして部屋の明かりをつけた。きっとそんなことだろう、と、みんなが思っていたが、

「ずるい！」

鋭い声が聞こえた。先生の眼も鋭く動いた。

――高垣さんだ――

緊張を覚えた。声は詰っている。先生も話すべきだ、と……。

高垣さんは先生を嫌っている。先生も高垣さんを嫌っている。高垣さんにしてみれば、先生がこんな座興を催すことが……かすかに若い女性たちを嬲るような気配さえ感じられて、厭なのだろう、きっと。詰る声と射す眼ざしが、どちらもネガティブな気配を帯びていて……。

「よし。百物語は、これでおしまい。もう休もうか」

先生はプイと席を立って、出ていった。

「おやすみなさい」

みんながゆるゆると動き出す。

「お化け、出なかったわね」

「そうね」

でも私としては、

「怖かった」

先生の眼が……。

「おわりが、ね」

「そう。おわりが」

わかる人にはわかったのだろう。穏やかではない瞬間が……。

後日談だが、高垣さんは論文を提出せずに学校を去り、卒業もしなかった。一番きれいな清田さんは……ただの噂かもしれないけれど、先生の愛人になったとか。

——高垣さんとは、なにかあったのかしら——

三角関係とか……。あの夜の物語は、やっぱり怖かったのかもしれない。

大学を卒業して出版社に、教育関係の本や教科書を出版する会社に、なんとか就職することができた。一年ほど営業の見習いをやって教育雑誌の編集部へ。

——雑誌の編集って、いろいろなこと、させられるのね——

あらためて仕事の厳しさを知った。

雑務にも充分慣れたころに〈やさしい源氏物語〉を担当させられた。作家や研究者が代わる代わる源氏物語についてのエッセイを綴(つづ)るページである。担当者として一通り源氏物語の現代語訳に目を通した。六条御息所(ろくじょうのみやすどころ)が凄(すご)い。怨霊のスペシャリストである。

——偉い女(ひと)なのよね——

東宮(とうぐう)に入内して……やさしく言えば皇太子の妃(きさき)となり、行く行くは皇后となるべき立場だったのに東宮が死んだため寡婦となり、雅(みやび)やかでありながら心の充(み)たされない日々を過ごしていた。教養も容姿も抜群で、申し分ない。源氏がいっとき親密になったが、次第に遠ざかり、疎んじるようになる。もともと嫉妬心の強い女性だったのだろうが、高貴にしてプライドがすこぶる高い。源氏がいろいろな女と親しんでいるのを聞くと許せない。正妻の葵の上と睦まじいことさえ安らかに見守ることができない。実際のところ、源氏と葵との仲は冷えているのだが、葵が懐妊して、いよいよ出産となると、六条御息所はついに生霊となって産褥を襲う。葵の上は苦しんで、苦しんで、息も絶え絶え。どんな高僧を呼んで悪霊ばらいをやっても効果がなく、苦しみの声は「源氏の君にだけ申しあげたいことがあります」と呼ぶ。二人だけになってみると、葵は苦痛を訴える声まで六条御息所に変わっているではないか。これは紛れもなく生霊の仕業だ！　六条御息所の……。このあと長子が誕生するが、その喜びもよそに葵の上は死んでしまう。これもまた生霊の仕打ちだったらしい。

細かいストーリーとはべつに、私は、

「生霊って、あるんですか」

と編集長に尋ねた。お化けについては多少の知識があるけれど、生きたまま幽霊になるケースは……これほど凄まじく描かれた例は知らなかった。

「あるんじゃないのか」

編集長はざっくばらんの性格で、女性に対しても、とりわけ編集者相手なら〝えげつないことくらい、こだわるな〟が信条である。

「凄いですね」

「今でもあるだろ」

「生霊が？」

〈やさしい源氏物語〉のページを指先で叩きながら、

「奥さんがいるのに、ほかに愛人を作って……男は言うんだよ〝女房とは、このごろ手ひとつ握ってない〟とか。なのにその女房が妊娠したとなると、愛人はおもしろくない。〝おかしいじゃない〟って。御息所の恨みはそこだな」

「それで生きたまんま悪霊になって」

「そう。気をつけなきゃ」

「本当ですよ」

「あははは」

「でも生霊はともかく、幽霊って本当にいるんですか。死んだ人が化けて出るって……」

と愚問を発すれば、

「いるんだろうな。たいていは〝うらめしや〟って言って出てくる」

と両手をダラリと下げて言ってから、

「この世に恨みがあるんだよ、みんな。しかし結構大変なんだな」

「なにが大変なんですか」

「あの世で、化けて出る認可を受けるのが。東大受験より難度が高い」

と、ヘンテコを言う。

「そうなんですか」

「だって、そうだろ。この世に恨みを残して死ぬ奴なんて、わんさといる。そのわりには幽霊の数は少ないだろ」

「まあ、ねえ」

「むつかしい審査テストを受けなきゃいかん。〝化けて出たいんですが〟〝駄目〟てなもんよ。たいていは落第だ。お岩さんとか、特別な人だけが許されるんだ」

「はい、はい」

と軽く返事をしたけれど、編集長の卓見、少しは頭に残った。確かに……恨みを抱いて死ぬ人は多い。ほとんどすべての死者、と言ってもよいくらい。しかし幽霊はそう多くはない。一万分の一、百万分の一、一億分の一……。幽霊が本当にいるとしてもである。


二十八歳のとき教育研究所の職員と知り合い、求められて結婚に踏み切った。相手の和夫さんは真面目で、まっとうな人、常識を備えた、まっすぐな人柄である。

「いい人、見つけたわね」

「どうかしら」

一通りの自信はあった。懸念を言えば、彼は長いこと母一人子一人の境遇。

――マザコンだと、困るわ――

しかし、これもそう強くはなかった。妻を大切にしてくれる。ほとんど生活のすべてにおいてうまく折り合える。ただ、あえて言えば、理性を重んずる人だから、お化けのたぐいには関心が薄いようだ。水を向けても話を避けているみたい……。

しかし、なにかしら屈託があるのかもしれない。ある日、わが家に訪ねて来た旧友との会話に……ドア越しに聞こえてくる声に耳を傾けた。その友人は、自分の家の近くに病院と墓地と寂しい道があって、

「夏になると必ずテレビ局がやって来るんだ。幽霊が出るって……。名所らしい」

「怖いな」

「怖いもんか。今どき幽霊もへちまもないだろ」

「理屈はその通りだろうけど、見た者は信じるよりほかにない」

夫の声が少しおかしい。調子がいつもとちがう。

「見た?」

「うん」

「見たこと、あるのか」

「ああ。子どものころ……」

と低く呟(つぶや)く。そして言うのである。

「小学三年生。立川にいたころ。塾の帰りだったな」

夕暮れどき。人気(ひとけ)のない草むらに、

——人が立ってる——

と思ったら、白い女の人がスーッと現われ、腰から下がまるでなかった。

「まじかよ」

「ああ。しっかりと二度見た。白い女の人の下半身がみごとに消えていた」

一瞬、恐怖で顔が曲がるほどひきつれ、体が左右に揺れるのをはっきりと意識した、とか。

「それで、どうした」

「逃げたさ」

「なんで、そんなところに？」

「わからん。しかし、見た人は理屈はどうあれ、信じないわけにはいかない。そんな人が何パーセントかいるんじゃないのか」

「ふーん」

夫は嘘を言う人ではない。こんな冗談を弄することもない。少なくとも彼の意識では〝見た〟のであり、見たことは信ずるよりほかにないのだろう。子どものころの、信じがたい体験……。お化けの話を避けるのは、いまだに不可解な恐怖が胸に残っているせいかもしれない。

結婚して一年後に長女が生まれ、それから二年後に男子の双子を授った。私はもう出版社に勤めてなんかいられない。退職を余儀なくされたが、その直後に義母がひどい脳梗塞に倒れ、入念な介護を必要とする状態に陥った。

「母のことは、俺がやる。子どもたちを頼む」

「ええ」

夫の仕事も忙しい。よく頑張ってくれたと思うが、なんと！　一年後に夫は沈黙の臓器を冒され、あれよあれよと思うまにみまかってしまった。

それからの生活の大変さは、一通りのものではなかった。幼い三人の子育て。施設には寝たきりの義母がいて、息子の死もよくわからない始末。私とはもともと本心から折り合えた仲ではなかったが、正気を失った義母は片言しか呟けないくせに、わがままを言う。事情の深刻さを理解できない。厭味を言う、怒りをあらわにする、泣き叫ぶ……正直なところ面倒を見きれない。こちらは平常心を保つのがむつかしい。疲労、自己嫌悪、憤り、自分が自分でないみたいな毎日……。

——どうしてなの——

子どもたちはかわいいけれど、世話がやけること、おびただしい。配慮が薄くなり、とてもかわいそう。

それに……生活費のことも大問題だ。貯えがどんどん減っていく。

——この先どうなることか——

もとの職場に相談して校正の仕事などを廻してもらったが、それに費やす時間はないし、報酬も信じられないほど少ない。

——あなた、どうすればいいの——

寝る前のひととき遺影に訴えた。

朝まだき、疲労のせいか体が動かない。ベッドに横たわったまま起きるに起きられない。

頭痛を覚えた。痛みよりも意識がぼやけている。

——夢を見たわ——

疲れているときは、たいてい昔懐かしい試験の夢を見る。答案に書き入れようとしても鉛筆がなかったり、遅刻して時間が足りなかったり……。しかし、

――今日はうまくいったわ――

試験監督の先生が笑っていた。一瞬だが、うれしかった。それにしても、

――夢なんか見ている場合じゃないわ――

必死の思いで起きる。周囲はまだ暗い。

――どうしたのかしら――

暗さがいつもとちがう。まるでまっ暗なのだ。

――どこかしら――

意識が遠い。気がつくと……男の人が立っている。黒い影になって立っている。

――あっ――

と思った。眼を見張った。

黒い影は一瞬、恐怖で顔が曲がるほどひきつれ、体が左右に揺れている。そんな姿のままこっちを見つめている。

――和夫さん――

紛れもない夫の姿だ。夫の顔だ。死んだ人だというのに……。

ぼやけた意識を貫くように理解が頭を……全身を貫いた。そうなんだ。夫は幽霊を見ている。

「つらいわ。どうして、こんな……うらめしいわ」

すると黒い影が答える。

「恨まないでくれ。なんとかする」

黒い影は消え、私の意識もはっきりとしてくる。周囲の様子も見慣れた日常に戻った。

――あの世だったのかしら――

きっと、そう。死んだ夫をはっきりと見たのだから。ならば……ユニークな生霊が出たのかもしれない。

――生きたまま、あの世へ……私の幽霊が――

日ならずして義母の病いが悪化して安らかな死を迎えた。思いがけない遺産が私たちに残され、この先、

――寂しいけど、生きていけるわ、子どもたちといっしょに――

辛さのあまり、あの世に出る幽霊というのもあるらしい、むつかしい審査テストを通って……。そんなのがあっても、いいんじゃないの。

白い部屋

同じ夢を見る。

何度も見る。繰り返し、繰り返し、繰り返して見る。

長い月日を、相当な年月を、間に挟んで見る。一年をおき、三年を隔て、五年を介在させて、同じ夢を見る。

少しちがっていても、同じ夢であることは疑いない。全体はぼやけているが、そのつど少しずつちがっているのだろうが、本筋はおんなじだ。そこだけはとてもはっきりとしている。

まっ白い部屋。大きさはよくわからないけれど、白い、まっ白い壁に囲まれた小さな部屋、三帖間（さんじょうま）くらい、いや、四帖半かもしれない。六帖間のときもあったろう。和室かどうかもよくわからないから、大きさは表わしにくい。

家具は……ベッドが一つ、布団かもしれない。とにかく寝具がある。ソファかもしれないし、カウチでもいい。体をゆっくりと休ませるによい寝具がそろっている。そこで眼を閉じる。

白い壁に柱時計が一つ、まあるいやつ、四角いやつ、角が切られて、そう、八角形だったかもしれない。縦横三十センチくらい、よくあるタイプだ。

文字盤の数字は……はっきりしない。柱時計なんて、文字盤の数字がなくたって針の様子で時刻はわかる。上にVなら一時五分前あたり、下に開いたVなら五時三十七分くらい、右横に一直線なら三時十五分ごろ、左横に一直線なら九時四十八分あたり、と見当がつく。だから二本の針があるのは確かである。

そして、もう一つ、なぜか日付がわかった。文字盤の下のほうに手帳を横にしたほどの窓が切られ、そこに月日と曜日が示される。初めからそうだったかどうか、わからない。日付のよくわからない子どものころもあったのだから……。

ほかにはなにもない。寝具も柱時計もみんな白かったろう。だから白だけのスペースに、ポツンと独りいるのが、いつものことだった。

部屋の外のことはわからない。朝なのか、昼なのか、夜なのか、外が暗くなれば、まっ白い部屋に黒いかげりが広がり、そこは限りなく闇に近い灰色に変わる。

柱時計が時を打つことはない。ボン、ボンと正時を知らせたりはしない。ただ黙って動いている。手を心臓に当て、耳を澄ますと、かすかに、本当にかすかに、トクトクと鼓動といっしょに鳴る。鳴っているような気がする。時計の響きなのか、心臓の音なのか、わからない。

しかし、細かいことはみんな後になって気づいたことだ。最初のうちは、ただまっ白いところに独りいるだけだった。

初めは、小学四年生のとき。もっと前にも同じ夢を見ているのかもしれないけれど、その記憶は薄い。記憶がない、と言ってもよいだろう。

北川町にいるころだった。あのころの父の仕事は……これは全くもって後で知ったことだが、プレファブ住宅の販売係だった。あちこちに住宅公園と名づけた広いスペースがあり、そこに五、六軒、モデルルームと言えばよいのだろうか、一戸建てが疎(まば)らに建っている。中の設備もおおよそ整っていて、一見、すぐにも住めそうになっている。父はこの一角にある事務所に勤め、訪ねる人の案内をしているのだった。

父と私は……あのころすでに母を亡くして、北川町のアパートに二人きりで暮らしていた。父は仕事の都合でときどき住宅公園の一つに泊まる。私も呼ばれて、そこへ行く。プレファブだが、りっぱな住まいである。いくつかの生活用品を持ち込めば、一日、二日を過ごすことは充分に可能であった。私はあちこちの住宅公園から学校へ通ったことが何度もあった。住宅公園では夜を過ごす家も、まわりの家々も、みんなちがった構造で、父の目を盗んであちこち冒険してまわるのは、子どもにとって充分に楽しい体験だった。

もちろんアパートで独り過ごすことも多い。が、近所に一歳年下の澄ちゃんがいて、よくいっしょに遊んだ。かわいらしい子で、私によくなついていた。

「烏(からす)がわるいの」

と嘆く。

ごみ捨て場のビニール袋を烏が突(つつ)く。乱雑にごみが散り、汚いし腐臭がひどい。澄ちゃんが片づけていると、ちょっと大きめの一羽が飛んで来て荒らしまくる。人がいても平気の平左(へいざ)、ときには澄ちゃんを攻撃しようとする。

――許せない――

私が追い払っても屋根の上に止まってチャンスを探っている。見るからにふてぶてしい。

私はパチンコの名手だった。Y字形の軸にゴム紐(ひも)を張り、小石を挟んで打つ。練習もしたけれど、なぜか得意だった。この世の中、思いがけない人に特別な才能があったりするものだ。あのころ……手にしていたパチンコそのものが、たまたまよくできた、優れものだったのかもしれない。

少女の危機を見て、すぐに烏退治に向かった。一、二度失敗したが、烏も高をくくっていたのだろう。四、五メートルの至近距離……みごとに喉頸(のどくび)に命中して、血が流れた。ヨロヨロと飛び去って行った。

——やった——

深手を負った鳥はきっと死ぬ。もうここへは荒らしに来ないだろう。

ところが澄ちゃんは、これを見ていて、

「鳥がかわいそう」

と泣き出す。

「でも……」

泣きながら、

「七つの子がいるのよ」

とんでもないことを言い出し、恨みの一瞥（いちべつ）を投げて家へ帰ってしまった。

——失地を回復できるだろうか——

その夜は父の泊まる住宅公園へ行ったのだと思う。そして夢を見た。

鮮明な、はっきりと記憶に残る夢だった。と言うより、

——あれ、本当に夢だったのかな——

どこかがおかしい。住宅公園の中の、どこかの家、そこにまっ白い部屋があったのかもしれない。

まっ白い部屋に寝ていて、

「鳥がごみを散らすのよ」

「うん。やっつけてやる」

「でも……」

「あの、でかい奴だろ。いつも来て。澄ちゃんのこと、襲って」

「塀の上に止まって、見てるわ」

「よーし」

パチンコを持ち出し、ゴムを引く。放そうとしたとたん、

「やめて」

と、澄ちゃんがしがみつく。

石はそっぽうへ飛び、鳥は逃げ、でも澄ちゃんはやっぱり泣いていた。

何日かがたち、鳥はごみ置き場の近くの屋根に飛んで来て、止まっていた。もちろん疵はない、ないみたい……。前と同じ鳥かどうか、少し小さくなったような気がしないでもなかった。

澄ちゃんは間もなく引越して、どこかへ行ってしまった。

子どものころの記憶は断片的だ。不確かなところも多い。それに、記憶というものは、思いのほか強く後日の修正を受けるものではあるまいか。あとになってから、その時の思案や情況に合わせて、

──あれは、実は、こうだったんだ──

微妙なところが変化して、それからはその変化したものが過去の事実として記憶されてしまう。なにも子どものときばかりではない。私たちの日常でしばしば起きていることなのだ。

母が死んだのは五歳のときだったが、母は犬や猫や、小鳥や金魚や、生き物をかわいがる人だった。これは後日の修正ではあるまい。母は優しく、曲がったことの嫌いな人柄だったと思う。

——鳥を殺しちゃって——

殺したかどうかははっきりしないが、パチンコは澄ちゃんだけではなく、母も厭ったろう。

——お母さんに悪かったな——

そんな意識が残った。

中学生のとき、同級の恒はみんなにいじめられていた。ひどいいじめではない。なんとなく馬鹿にされていたのだ。私は家が近いせいもあって、そこそこに親しみ、むしろ庇ってやっていた。仲間のいないところでは、いっしょに遊ぶこともよくあった。菓子を分けあって食べたりする仲だった。

叔父からもらった実験用の苛性ソーダが、充分に劇物と知っていながら、恒になめさせてみようと思ったのは、どういう了見だったのか。恒はなんでも……食べられそうなものはすぐ口に入れる癖があるので、それをからかいたかったのかもしれない。

「氷砂糖、食うか」

本物の氷砂糖も掌(てのひら)のろう紙の上にのっていた。

「うん」

「やる」

本物を三粒か四粒与えて、

「うまい」

「じゃあ、もう一つ」

よく見れば、氷砂糖とは少しちがう。が、恒は指先に取って、ポンと口に入れた……。ほんの短い時間、私がさし出し、恒が取って口に放る……一秒くらいの時間、私の脳裏に、

――ひどいことになるぞ――

苛性ソーダが口内に広がり、喉を抜け、胃袋にまで行ったら、どうなるか、

――ただではすまない――

さほど具体的ではないにせよイメージを描き、激しい恐怖を抱いた。

――こんな馬鹿なこと、やめろ――

と思ったのも本当だった。

恒は白い粒を口からペッと吐いた。それからいきなり体を廻し、家のほうへ走った。恒の家は近かった。おそらく台所に飛び込んで、口をすすいだにちがいない。

それから数日、恒には会わなかった。苦情も……なにも言われなかった。恒は意地悪をされても、ほとんど反抗をしないほうだったけれども……。口内は無事だったのか。それについても、なにも聞けなかったし、聞かなかった。

が、その夜のうちに夢を見た。

まっ白い部屋に横たわっている。白い壁に映る。恒と二人だ。

「食うか」

「うん」

「やる」

白い粒を恒の掌に落とす。恒の手が動く。

「やめろ」

「なんで」

「やめとけ」

手を払い、白い粒は草の中に飛んだ。

――よかった――

当然のことながら、なにごとも起きない。恒との仲は少しも変わらなかった。

──あのころも父は住宅公園に泊まっていたのだろうか──

白い部屋は、どこかにあったのだろうか。これは思い出せない。

財布を拾った。ＪＲの改札口に続く陸橋の上だった。人通りはほとんどない。落としたのは、

──多分、あの人──

見当がつかないでもない。黒いコートのうしろ姿が見える。同じバスからいっしょに降りた人だ。

──あの人でなくとも落とし主は改札口の付近にいるだろう──

走って行って大声をあげれば、らちが明くだろう。

財布の中には、一万円札が一枚、五千円札と千円札も見える。

──黒いコートの人なら、私よりきっとお金を持っているだろう──

私はおおいに困窮していた。走りかけて足が止まった。五分、十分、時間が流れ、

──もう急いでも追いつかないな──

絶対に黒いコートの人が落としたとは言いきれないし、もっと前にここを通った人が落としたのかもしれない。陸橋は通る人が少ないから、通路に落ちている物が、すぐに

だれかの目に留まるとは限らない。しばらく落ちたまま、という情況も充分にありえた。

――だったら交番へ――

しかし財布の中には現金のほかスーパーのレシートが一枚入っているだけだ。

――落とし主は交番へ行くかな――

財布はごく普通の革製……。中年サラリーマンの持ち物だろう。少し恵まれた部課長くらい……。

――そんな人はいちいち交番へ行くかなあ――

ネガティブな答が浮かぶ。

結局、財布は捨てられ、中身だけが私のポケットに入った。

――人として恥ずべきこと、かな――

母は「いい人になりなさい」と言っていたっけ。良心が痛んだ。

そして、この夜も夢を見た。まっ白い部屋だ。私は財布を拾い、一瞬、戸惑ったが、走り出した。

「だれか、お財布、落としませんでしたか」

財布をかざしたが、声は小さい。みんながキョトンとしている。それから交番を探したが……お金をなにに使ったか、覚えていない。

父には愛人がいた。信田さんといい、親戚の知人で、私もその女(ひと)を知っていた。顔を見れば挨拶をするくらいの間柄だった。

だが、あるときから、

「信田さんに会っても、知らん顔をしてろよ」

父に釘(くぎ)を刺された。

「どうして」

「子どもは知らんでいい」

高校生だったろう。

父は独り者なんだし、愛人がいたってべつに不思議はないし、咎(とが)められることもないと思うが、男女の仲はたとえ親しくともややこしい事情があったりする。

父の言葉を忘れていたわけではないが、確か日曜日の昼さがり、偶然、街で信田さんに会い、

「あら」

「あ、どうも」

信田さんはケーキの箱を手にしていた。うっかりそれを見つめてしまい、

「うち、すぐそこなの。寄ってらっしゃいよ。おいしいコーヒー淹(い)れるから。コーヒー、好きでしょ」

「はい……」

「ブルーマウンテン、特別おいしいの。お父様に内緒で」

誘い方がうまい。返事をする間もなく手を取られ、誘われて本当にすぐ近くのマンションへ行ってしまった。玄関先で、

「あの、ここで……」

「いいじゃないの。遠慮しないで。さ、どうぞ、どうぞ」

と引き込む。小ぎれいな住まいだった。

――この女、なにをしているのだろう――

フラワーデザインを……人工の花を造る仕事をやっているような話だったけど、家の中は本当に見事な花の群れ、ここにもあそこにも、造花とはとても思えない豪華な花が鮮やかに競い合っている。男の私の眼にも次々と映り、

「これ、薔薇ですか」

「そうよ」

「こっちは?」

「カトレア」

眼の保養となった。

そしてブルーマウンテンとケーキ。これも絶品だった。

信田さんはさりげない。が、私には少し妖しい。父の愛人とはどうつきあったらいいのか。

――お義母さんになるのかもしれないし――

しかし、どこかちがう。親しく話し合うだけでも悪いのではあるまいか。

信田さんは平気らしい。私を見る眼が優しい。

「お昼、まだでしょ」

「いえ……」

「カレーライスがあるの。おいしいわよ」

と、もう仕度にかかっている。昼食は食べてなかったし、カレーライスは手ぎわよく盛りつけられ、食べないのはかえって悪いみたい……。

カレーライスは食べたのかどうか。

そしてまっ白い部屋の夢を見た。時計が何時を指しているのか、よくわからない。

「うち、すぐそこなの。寄ってらっしゃいよ」

「はい……」

玄関先まで行って、

――よくない――

唐突にお辞儀をして踵を返した。父にはなにも言わなかった。信田さんには、その後、一度も会っていない。噂らしい噂も聞かなかった。

——父との関係はどうなったのか——

これもわからない。

三月三十一日、結婚式の前日だった。部局の重要な帳簿の集計を委ねられていて、十日も前から残業が続いていた。紙の書類からコンピュータ処理に事務を変更する時期だったから、手続きがややこしい。計算が合わない。合わないより先に、どれとどれとをまとめたらいいのか、よくわからない。わからなくとも、とにかく結果を出さなければいけない。

なのに、十時に理髪店に予約を入れ(これもなんとかぎりぎり都合をつけてもらったのだ)身ぎれいにしたところで明日の仕度……。男だって結婚式には多少の用意が必要だ。披露宴のあと、そのまま新婚旅行に出発する。私的なことながら一生の一大イベントであることは論をまたない。新婦のために、その家族、友人知人、身内に対しても、それなりにしっかりと新郎の役を務めなければなるまい。ああ、それなのに、

——どうしよう——

オフィスは九時半に出なければなるまい。だれもいないオフィスで一人励んだが、計算は、事務処理はままならない。次の出勤は旅行から帰って……一週間後の火曜日だ。

四月八日だ。今夜の集計はとうに次のプロセスに廻されて確定した数値として処理されるはずだ。

——まちがっていたら、どうなる——

帳尻合わせ……。まさに文字通り帳尻を合わせるより仕方ない。とにかく形式だけは整えた。あとは野となれ、山となれ。きちんと調査されたら、わかる人にはミスがわかるだろう。しかし、なんとか辻褄が合うくらいには、そう見えるくらいには整えた。

——これで、よし——

あとは頬かむり。九時四十二分にオフィスを出た。

楽しい新婚旅行の最中に夢を見た。

まっ白い部屋。壁には丸い時計……。しかし、ここはオフィスの中らしい。たった一人でデスクの前に坐っている。

——時間が足りない。とても間に合いそうもない——

書類の山、キーボードとディスプレー。必死に作業を続けている。疲労困憊、眼が凹み、髭がざらつき、顔も首も汗ばんでいる。

——九時半までに——

仕事を終えねばなるまい。明日は晴れの結婚式なのだ。

なのに計算が合わない。集計がまとまらない。頭の中がもうゴチャゴチャだ。

ストン。

急に計算が合った。データが、集計が整合性を示す。

——よし——

報告書を整え、急いで席を立つ。

——九時三十七分——

かすかに違和感を覚えた。

——なにかな——

疑念を抱いたが、深くは考えなかった。報告書はそのまま、たとえ誤謬があったとしてもプロセスに乗せられ、ミスを指摘する者はいなかった。すべてがうまく収まった。

河川敷。一角に掘っ立て小屋が建っている。なかば崩れかけている。持ち主はわからないし、もともと違法建築だったらしい。私の生活とはなんの関わりもないけれど、

「燃やしてしまえば、いいんだ」

そんな声が囁かれている。

夜十時過ぎ……。自転車を走らせた。少し酒に酔っていた。川土手に自転車を置き、河川敷に降りた。人気は……まったくない。

——よし——

強く叩くと木戸が簡単に破れる。中へ入り込む。戸板を一、二枚積み、ガソリンを撒き、ライターの火を新聞紙に移して、投げた。

ボッ、と火が上がる。

あとも見ずに逃げ出した。自転車に飛び乗って夢中になってペダルを踏んだ。

夜の川辺に燃え立つ火を見た……か、どうか、見たかもしれないし、見なかったような気もする。

——公共の福祉のため——

本当かな。見つかったら紛れもない犯罪ではないか。酔いもさめ、恐怖が胸に込み上げてくる。刑事が訪ねて来たらどうしよう。

しかし、なにごともなかった。

しばらくは河川敷に近づかなかった。遠くから窺うこともしなかった。

いつのまにか掘っ立て小屋は消えていた。


夢を見た。

まっ白い部屋。壁には四角い時計。十時を少し過ぎている。立体映画のように河川敷が広がり、掘っ立て小屋が見える。少し酒に酔っている。人影はない。私一人がそっと近づいて行く。木戸を叩いて破った。中へ入った。

手にはガソリンの入った小瓶とライターと新聞紙……。

——待てよ——

火をつけたら、どうなる。掘っ立て小屋だって放火は放火だろう。紛れもない犯罪ではないか。

——公共の福祉なんて、とんでもない——

警察に捕らえられたら、どうしよう。たとえ見つからなくても罪は罪、一生、罪の意識を背負わなくてはいけない。酒のせいにするわけにもいくまい。

——やめた——

踵を返した。大急ぎで逃げた。時刻は十時前……。違和感を覚え、その正体が少しわかった。

桜の花が好きだ。薔薇もすてきだが、春の盛りの野に山に、ほんのりと、あるいは群がって濃く白く咲いているのは真実すばらしい。花のあいまから青い空が見えたりすると、

——しあわせだなあ——

わけもなくうれしい。

それにしても調べてみると、桜にはたくさんの種類があるらしい。染井吉野が圧倒的

に広く咲いているが、山桜、大山桜、大島桜、江戸彼岸、関山、松月、菊桜、しだれ桜、鬱金桜……珍しい品種もところどころにあって、その開花のときを訪ねて眺めるのが、えも言われず楽しい。写真を撮り、すばらしいアルバムを作った。

あれこれ調べるうちに〈図鑑・桜〉が出版発行されていることを知った。と言うより、それが会社の資料庫の隅に埃を被って眠っているのを見つけたのだ。厚さ十センチほどの豪華本……。

――だれが置いたのかな――

まったくわからない。こんなものがここにあることを知っている人も、いない。いないだろう。

神田の古書店街に足を運び、

「あの、〈図鑑・桜〉を探しているんですが」

見つけて購入するつもりだった。出版社と発行年を告げて尋ねると、

「ああ」

と、一軒目で首を振られた。二軒目で詳しく聞いてみると、

「ありませんね。いつ市場で見ましたかねえ。まったくの稀覯本です、はい」

「そうなんですか」

「神田中お探しになっても無理でしょう」

薄く笑われてしまった。

この本には、ほとんどすべての桜が図示され、説明されている。花の数も多いが、図版が精緻で、入念で、凄い。全部手描きのカラー版だ。

まったくの話、植物図鑑は、カラーはもちろんのこと手描きでなければ価値が薄い。写真がよいと思うのは、素人のあさはかさ。私も桜に関心を抱き、図鑑を漁るうちにしみじみと知ったことだ。

考えてもみよう。写真となると、映像の中に花も蕾も実も枝も、それぞれの品種が持つ大切な特徴も、みんな収めることはむつかしい。至難と言ってよいだろう。そこへ行くと手描きの絵は大丈夫、コンパクトにすべてを描きだすことができる。〈図鑑・桜〉は、まさにそういう稀書であり、おそらく限定版が少数発行され、図書館や好事家のもとに散っているのだろう。どう古書店に頼んでも、メモには書き留めてくれることはあっても、

「無理ですね」

それが一致した対応だった。

——ほしい——

矢も楯もたまらなくなった。こうなると心は一点に向かう。

——会社の資料庫の一冊。あれはなんなんだ——

だれがあんなところに眠らせているんだ。

本はだれかに利用されて初めて価値を示すものではないのか。忘れられた本はみじめである。

——惜しい——

桜を愛していると、よく〝花盗人〟という言葉に出会う。美しい花を、桜の一枝を、こっそり盗んでいく人の謂だ。そして古来、これは盗人ではあるけれど、「まあ、いいんじゃないの」と許されるところがあるらしい。花を深く、深く愛でるがゆえに、つい、つい盗んでしまう。その心根を許すのだろう。

本は……本盗人はもちろんよくない。窃盗以外のなにものでもない。書店の経営者はこの件でどれほど悩まされていることか。絶対によくない。これは本当だ。

——じゃあ、借りるのは、どうだ——

これは許される。図書館という公的な施設まで世界中に造られている。

——あの本を借りよう——

だれかに……たとえば総務課あたりに申し出ればよいのかもしれないが、話はとたんにややこしくなりそうだ。簡単には借り出せないおそれが大きい。そっと借り出し、

——いつかそっと戻しておけばいいじゃないか——

この考えが心の片隅に浮かび、日ごとに広がって我慢ができなくなった。

会社は六時退社を勧めている。オフィスが空になったころ、そっと資料庫へ侵入した。本箱の一番隅。〈図鑑・桜〉をそっと抜き出し、用意した紙袋に入れる。同じ本箱の棚に横積みになっている二冊を取り、図鑑を抜き取った隙き間へ入れ込む。

――これで、よし――

だれかが気づくことはあるまい。

デスクに戻り、帰り仕度を整え、紙袋の中を覗いて、天にも昇る心地だった。良心の呵責は……ないと言えば嘘になるが、喜びのほうが大きかった。

――後日、返却すればいいんだ――

しかし、本当に返却するだろうか。疑念が心の中になかった、とは言えない。

じっと会社のオフィスの、デスクの前に坐っていた。みんなが退社して行く。

「お疲れさん」

二、三人に声をかけ、声が消えると、私はまっ白い部屋の中……。だれもいない。グルリと見廻しながら立って資料庫へ急ぐ。そこは普段から私が出入りしているところ。鍵も私が管理している。人気のない廊下を歩いて資料庫のドアに鍵を差し込んで廻した。

カチン、ドアを押した。

――よし――

手には紙袋……。〈図鑑・桜〉を抜き出して運び出す……つもりだったが、

――待てよ――

これはやっぱり業務違反だろう。見つかれば、弁解はできるが、公私混同、窃盗の疑いさえかかりかねない。黙って家へ持ち帰ったとなれば、限りなく窃盗に近い。いくらほしい本でも……これはまずい。家に置いて、なんの異変も起きなければ、そのまま猫ばば……。余人はいざ知らず、当人はその可能性を否定できない。まったくもって良心に悖(もと)る。

「お疲れさん」

仲間の声が耳もとに響く。私は、

「お疲れさん」

同じ声を返してデスクの前に坐っていた。まっ白い部屋は夢の中なのに……。それとも図鑑を抜き出したほうが夢なのだろうか。

人事異動があり、私は資料庫の管理を離れた。日ならずして資料庫の改装があって、図鑑の行方はもうわからない。

何度か同じ夢を見るうちに、当然のことながら、私は気づいた。

まっ白い部屋の夢を見るのは……トンデモナイことをやってしまったあと……。ほと

んどがよくないことだ。良心に悖ることだ。犯罪すれすれ、犯罪そのもの、それさえなくもなかった。

母には「いい人になりなさい」と言われた。それだけが母の思い出だ。人はいい人にならなければいけない、とは思う。

私はまっとうな人間なのだ。社会人としてちゃんと生活をしている。家族もあるしオフィスでは永年優良勤続の表彰を受けてもいるのだ。もちろん履歴書に罰はない。

しかし……だれだって長い一生のうちには人には言えない、まずいことをやっているのではあるまいか。やろうとしたことがきっとあるだろう。そうにちがいない。夏目漱石は「悪い人間がいるのではなく、悪くなるときがある」と、そんな意味のことを書いているとか。

あなたはどうだろう。

私は……もう告白はやめておこう。ここには書けない。書けないことがある。

トンデモナイことは、どれが、どこまでが私が本当にやったことなのか。やったことのほうが夢であり、白い夢は……こちらのほうが現実なのではあるまいか。そう思うことも多い。

このあたり私の脳みそには、思案と夢のあいだには、少し狂って混濁したところがあるらしい。

悪事は告白できないが、もう一つ、トンデモナイことを話そう。

ひとことで言えば、大金が必要となった。定年前に会社を辞め、自分で小さな事業を始めたが、四、五年たつうちに経営が苦しくなり、ご多分に漏れず手形が危うい。

——一千万円ほど——

金策は尽きていた。

日曜日の昼さがり、渋谷駅のエスカレーターで転げ落ちそうになっている老人を見て、身を挺して助けた。

「ありがとう、ありがとう」

「危かったですね」

人混みを歩くのさえ大変そうな姿なのに、

「宝くじを買いに来て……どこかな」

と、ヨロヨロと足を運んでいく。私はまず自分のズボンの汚れを拭ったが、わけもなく心配で、首を伸ばして老人の行方を目で追った。まるで消えたみたいに、いない。うしろ姿一つない。

——どうして——

とたんに閃いた。

――宝くじだ――

老人はなにかしら私に啓示を与えてくれたのかもしれない。きっとそう。人混みの中にそんな気配を感じた。

笑わば笑え。笑われても仕方ない。だが、金策に窮したときは頭がまともに働かない。もともと私の頭は少しおかしいところがあるらしい。

手元に百万円ほどの現金があった。これを全部宝くじにつぎこめば、一億円、いや、五千万円、一千万円、当たるかもしれない。

――当たるはずだ――

確信を覚えた。宝くじ売り場を次々に十カ所ほど廻って、百万円を宝くじに費やした。

抽せんの日、われを忘れて当落を確かめた。一億円は……もちろん当たるはずもない。が、神も照覧あれ、三等に当たり、他の当選とも合わせて、九十七万円、ほぼ投資した額を取り戻すこととなった。手形は、別件で融通がつき、難を逃れることができた。

が、それとはべつに白い夢である。

老人を助けたあと、私はまっ白い部屋に入ったらしい。壁時計が一時五分過ぎ、日曜日を示している。

――宝くじを買おう――

啓示を受けたにちがいない。部屋にはそんな気配が満ちている。手元に百万円の現金がある。

——一億円当たったら、これからの金策がどれほど楽になることか——

山ほど買えば当たるかもしれない。きっと当たる。駅近くの売り場へ急いだ。祈りながらまず六万円を投資した。

「ほか、どこに宝くじ売り場がありますか」

次へ行き、そこで、

——待てよ——

こんなことうまくいくはずがない。どう考えてもこの金策には無理がある。歯をくいしばって断念した。ふと壁時計を見ると、日曜日の午前、十一時四十二分を指している……。


同じ夢を見る。

何度も見る。繰り返し、繰り返し、繰り返して見る。

長い月日を、相当な年月を、間に挟んで見る。

まっ白い部屋。大きさはよくわからないけれど、白い、まっ白い壁に囲まれた小さな部屋。三帖間くらい、いや、四帖半かもしれない。六帖間のときもあったろう。家具はベッドが一つ、布団かもしれない。とにかく寝具がある。体をゆったりと休ませる。

白い壁に四角い時計が一つ。縦横三十センチくらい、よくあるタイプだ。文字盤の下のほうに手帳を横にしたほどの窓が切られ、そこに月日と曜日が示されている。

ほかにはなにもない。白だけのスペースにポツンと独りいて、いつのまにか夢が広がる。

白い夢はトンデモナイことをやってしまったあとに、直後に見る。よくないこと、困ったことをやったあとに……。

そして、きまってそれを思い止まるのだ。良心を取り戻し、良識を働かせているのだ。

しかし、白い夢のほうが実際にあったこと……頭の中で冷静になって考えたこと、その直前の行動のほうが夢ではあるまいか。それとも、

――二つは入り交じっているのだろうか――

何度か思案をめぐらした。

――結果はどうだったろう――

トンデモナイことを実行すれば、それにふさわしい結果が、それなりの出来事が生ずるはずだ。が、それが夢ならば、情況は前と同じ、変わらないままだろう。

しかし……パチンコで打たれた鳥は死んだのかどうか、再び現われたのはべつの鳥かもしれない。苛性ソーダを飲ませたかもしれない恒には、その後、会わなかった。拾っ

たかもしれないお金は、私自身、使ったような、使わなかったような、さほどの大金ではなかった。父の愛人は、その後まったく話題にもならなかったし、会いもしなかった。会社の集計事務は、正しかろうと正しくなかろうと、もうその後の処理がすまされている。だれも調べない。河川敷の小屋は、私はその後を確かめていないし、いつのまにか一帯の様子が変わってしまった。〈図鑑・桜〉は、少なくとも今、私の書棚にはない。どこにあるのかわからない。宝くじは……何枚か買ったと思うし、ほとんど同額を取り戻したと思うのだが、金銭にあわただしいときで、はっきりとしない。確かに言えるのは、この件で金銭上の大きなプラス・マイナスはなかった、これは本当だ。よく覚えている。

そして、もっと不思議なことがある。白い壁にかかった時計を見る。

――この時計、変じゃないのか――

いつのころからか気がついた。

針が反対に廻る。時間が過去へ戻る。文字盤に切られた窓の日付も曜日も、うしろのほうへ戻っているみたい……。

――そうだったのか――

時間が過去へ戻り、出来事も、決断も、みんな過去にリセットされ、ちがった現実が現われるらしい。

――そうなんだ――

それがまっ白い部屋の特徴なんだ。

先に触れたように、長く生きていれば、人は、なにかしら他人には言えないことを、トンデモナイことを、つい、つい実行しているものだ。どんなりっぱな人でも変わりがない。

――ちがうだろうか――

先日、ある雑誌で〝人には言えないことをやった体験〟を著名人を対象に述べてもらって並べていたけれど、あははは、人に言えないことを公に発表するはずがない。適当なものを見つくろって告白しているだけだ。本当に言えないことは……恥ずかしいこと、悪いことは、どこまでも隠し続けるにちがいない。だれだって長い一生のうちに、そんなことを一つか二つか三つ、あるいはもっと多く体験しているだろう。

私も、その通り。ここに綴ったのは告白できること。これとはべつに、もっと厳しい白い夢を見ている。ほんの一つか、二つ。が、当然のことながら書かない、書けない。

どれが本当のことなのか、どれが夢なのか。時間が少し戻って、私を反省させてくれるのは、どういう作用なのか。逆廻りの時計は本当に不思議な力を持っているのだろうか。私の頭が少しおかしいのだろうか。

昨今の私の情況は厳しい。人生の危険水域に入り込んでいる。まことに、まことに危い。一歩踏み出したら、どうなるか。

言えない。書けない。ただ昨日、ビルの片隅にワンルームを借りた。四帖半ほどの広さの部屋だ。

壁時計もある。四方にはまっ白い壁紙を張ってもらった。特別に注文をして逆廻りに……過去に向かって時間を刻むように造り変えてもらった。

そして私は、大変なことを犯してしまう。

この部屋へ逃げ込む。

時間が逆転する。手を染める直前へ戻る。

――待てよ――

なにもしないいまま、なにごとも起こらない。

――どっちが夢なのだ――

時間はさらに遠くへ飛んだ。母の声が幼い耳に届く。「いい人になりなさい」なんて
……人生はそれだけでは生きられない。

くちなしの便り

こんな話を聞いた。

エジプトの古代遺跡に刻まれた文字が解読され、そこに記されていたのは〝このごろの若い者は困ったものだ〟だったとか。

もちろんジョークだろうが、おそらく昔々からこのせりふは年輩者の口から吐かれていたにちがいない。

私も若いころには先輩たちからよく言われた。とりわけオフィスでは仕事の要領がなかなか飲み込めない。敬語が使えない。能率があがらない。お客への対応がむつかしい。電話ひとつ、うまく受けられなくて、ベルが鳴ると身も心も固まってしまった。周囲がみんな聞き耳を立てている。受話器を置いたとたんに注意され、酒場でけなされ、立つ瀬がなかった。

とりわけ上司の高瀬さんが厳しかった。高瀬さんは仕事熱心で、根はいい人なのだが、言葉はきつい。若い者にも容赦がない。

「頭、からっぽだな。一からやり直せ」

平気で無理を押し通す。ミスを咎める。成果を厳しく求める。

――こんな会社、辞めてやれ――

いっときは恨みを覚えたが、結果から言えば高瀬さんの指導はおおむね正しかった。まっとうな若者教育だった。なんとか耐えて、おかげで一人前のサラリーマンになれたような気がする。

そして今、自分が五十歳を越えて、このごろの若い人を見ていると、

――こいつら、なに考えてんだ――

なんだか頼りない。どこかストンと抜け落ちているみたい。

――会社をなんと心得ているんだ――

出勤して、ただ椅子に坐って、見かけだけ忙しそうにして、夕刻になると「お疲れさまでした」と明るい顔で帰っていく。「一ぱい飲むか」と誘ってやっても「それ、業務ですか」と、したり顔だ。少しはましな奴もいるのだろうが、この四月から預けられた田辺はひどい。人事課はなにを考えているのか。人柄は善良なのかもしれないが、仕事というものがまるでわかっていない。まず時間にルーズだ。遅刻が多い。言いわけが多い。同じミスを繰り返す。よく謝るくせに、本当のところ反省しているのかどうか、余計なことだけはよく喋って、そのくせいい加減なのだ。入社して二年……。いっこうに

サラリーマンらしくない。恰好だけはいい背広を着て、しゃれたネクタイをぶらさげているけれど……。言うまいと思っても心の中で「このごろの若い者は」と繰り返したくなる。

先日も部内の月例会議があって若干の意見交換のあと部長から当面の重点方針が示された。が、田辺はなにもわかっていない。

「ちゃんと聞いていたのか」

「はい。うまいですねえ、部長は」

少し笑っている。

「なにが?」

「ホウレンソウを徹底しろって。親父ギャグ、少し古いですけど」

報告、連絡、相談、まとめて報・連・相、確かに少し古いかもしれないけれど、そんなことはどうでもいい。部員が自分の仕事にばかり目を向け、全体の中でなにをやっているか、なにをやるべきか、上下左右相互の協力が疎かになっている。具体的な例まで挙げて部長は問題点を示唆したはずだ。全体の中でのそれぞれの能率化が主意だった。全体としてのコスト・パフォーマンスを語っていた。

「笑ってる場合じゃないだろ。君、コスト・カットの調査報告が一日遅れ、二日遅れ、のびのびになってるじゃないか」

「はい、明日には……」

「それから第一商会との件、だれかと相談したのか。勝手にやって、勝手にやめて、なんの連絡も受けてないぞ」

「それなんですよ。いろいろややこしい事情があって、はっきりしないんです。見通しがついたところで……」

「そのへんをもう少し緻密にやれって、そういう会議だったろ」

「すみませーん。ただ、あの……総論って、わかりにくくて。それぞれちがいますから」

「そうかな」

　オフィスでは、それぞれが異なったパートを受け持っているから、相互の協調が疎かになりやすい。仕事の重複が生じて、それが確かにマイナス要因となっているのだ。そのへんをどう補っていくか、それが先日の会議の主眼だった。

　田辺はもじもじしていたが、

「なにか言いたいのか」

　と聞けば、

「はあ」

「言いたいことがあるんなら言えよ」

「あの……自分は自分の仕事については直接言っていただいたほうが……」

「それは言ってるはずだ」

「はあ」

「みんなが集まったのは……なんのための会議だと思う？」

「すみません」

　忠告されると犬のように恐縮する。このポーズはうまい。堂に入っている。だが本当に恐縮しているのかどうか、窓の外を見つめている。白い雲が浮いていた。こっちとしては、

　――やってられないよ。餓鬼相手じゃあるまいし――

　つまり田辺の言いたいことは、みんなに言われたことは自分に言われたことじゃない、そういう考えなのだ。子どもの遠足じゃあるまいし、みんなに注意をしておいてもききめがないのとおんなしらしい。一人一人に言っておかないと駄目だ、なんて……。

　――高瀬さんなら、どのくらい文句を言っただろう――

　とてもただではすむまい。昔が懐かしくなってしまう。

　しかし私は高瀬さんほど大きな親切心を持ち合わせていないから、とても面倒が見られない。多くは叱らない。叱っても恨まれるばかりだし、やたら陰口をたたかれる。若い連中は横に連絡をとって微妙な抵抗を示す。だから、

──しょうがねえなあ──

古いジョークを思って、あきらめがち、それが正直なところだ。そして、ふと思う。

──田辺も五十を過ぎたら、やっぱり〝このごろの若い者は困ったものだ〟と嘆くのだろうか──

自嘲するよりほかにない。会社より自分……私生活が大切なのだ。

だが、閑話休題、若い者への苦情を言うのが目的ではないんだ。もう慣れている。それよりもなによりもびっくりしたのは先週のこと……。帰りの東京駅だった。

品川方面へ行く山手線と京浜東北線は5番線と6番線、同じプラットホームで、七時前後にはものすごく混む。私はエスカレーターを昇り、

──あれ──

プラットホームの人混みの中に、少し離れて高瀬さんのうしろ姿を見つけた。

──少し老けたかな──

うしろ姿でも見えるものがある。六十歳を二つ、三つ越えたはずだ。役員を務めているが、その定年も近い。早めに会社を出て五反田の家へ帰るところだろう。そこにはなんの不思議もないのだが、だれかと軽い調子で話し合っている。たまたまプラットホームで出会って……と、そんな気配なのだが、その相手を見て、

——えっ、田辺だ——

と驚いた。

田辺の様子がひどく馴れ馴れしい。高瀬さんはそれを嫌悪するふうもなく頰笑みさえ浮かべているのではあるまいか。

——さあ、わからない——

田辺は品川の先、確か大森あたりから通っているはずだから、このプラットホームにいることにはなんの不思議もない。高瀬さんと田辺の二人をこのあたりで見かけるのは、ありうることなのだが、

——どうして、この二人が——

言葉を交わしていることが……それもなんだか親しそうに話し合っているのが信じられない。焦りにも似た思案が私の頭を走り抜けた。

先にも述べたように高瀬さんは部下に厳しく、オフィスでは〝ニコリともしない〟、そんな感じの人なのだ。それはだれよりもよく私が知っている。昨今は年を取ったせいか、部下との接触の多い現場を離れたせいか、ずいぶんと温和な印象を与えるようになったらしいが、それとはべつに田辺と接点のあること自体が不可解なのだ。

会社では役員室と私たちの第二営業調査部は同じフロアーにこそあるけれど交流はない。ないに等しい。エレベーターまでちがう。役員と平社員……。高瀬さんは田辺の名

前さえ知らないはずだが、

——親戚かな——

それはありえない。そういう人事はいつのまにか職場に知れわたるものだ。

——同窓のよしみ、かな——

たとえば大学とか、高校が同じとか……。

が、それもありえない。高瀬さんについて、田辺についても、私はおおよその個人情報を知っている。接点はないはずだ。

私はまず驚き、一瞬のうちにさまざまなケースを思案し、頷くように訝しく思った。訝しく思ったことに頷いたのだ。

——ありえない——

高瀬さんは田辺のような〝このごろの若い者〟を厭うことこそあれ、親しむことのない人なのだ。

——わからない——

電車が走り込んで来て二人は……一人は軽く手を上げ、一人は頭を垂れ、べつべつの電車へ乗り込んで行った。

ただ、それだけのこと……。アフター・ファイブには、随所で見られる風景だろう。

が、この二人にはそぐわない。

なく心に残った。

――なぜかな――

サラリーマンはこんな違和感について思いのほか強い懸念を抱くものなのだ。わけもなく心に残った。

すると……似たような違和感をまた味わってしまった。

――どういうことなんだ――

会社のビルのエントランス、繁華街へ向かう出入口は表通りから十段ほど階段を上って来なければいけない。

そこを、昼休みの終わるころ、田辺が大きな荷物を持って、うしろを向き向き、うれしそうにやってくる。私はエントランスの窓からかいま見てしまったのだ。

昼休みの買い物……。なにを買い、どうしてそれをオフィスに持ち帰るのか、事情はもちろんなにもわからない。

わからなくて当然だが、わからないのは、その田辺のすぐうしろにグッド女史が笑いながら、なにか話しかけながら上って来たことだ。

明らかにグッド女史の荷物を田辺が持ってあげている……と、これはすぐに知れた。おそらく階段の下あたりで、荷物をかかえているグッド女史を見て田辺が手伝いを申し出たのだろう。まさか繁華街の店からずっといっしょだったのではあるまい。ありえない。

不思議なのは、

――この二人、接点があったかなあ――

高瀬さんのときと同じ疑問である。グッド女史は、もちろん同じ会社の上役だが、ずいぶんとユニークな人柄なのだ。

本名は工藤さん、年齢は六十近いだろう。若いころアメリカで育ったとか、英語が堪能で、日本人離れしている。普通ではない。

まず顔つき……。一見して異相である。眉も眼も鼻も口も、どれもみんな大きい。濃い化粧のせいもあるのだろうが、すべてが目立つ。顔を合わせただけで圧倒されてしまう。背丈はずんぐりと小さいが、態度は大きい。仕事は、まあ、私は直接身近で働いたことがないけれど、噂によれば……噂がなくとも見ていれば察しがつく、独断と偏見、唯我独尊、うまい言葉が見つけられないけれど、とにかく自分の考えが絶対に正しく、他人への配慮はないに等しい。オフィスでは〝生きにくい〟ビヘイビアの持ち主だが、なにしろ英語だけはうまいから、なんとか職場で命脈をつないでいる、という事情ではあるまいか。

相手が彼女の意にそうような動きや態度を示したとき、

「グッド」

と、上役に対しても傲然と呟(つぶや)く。工藤さんがいつのまにかグッドさんになり、グッド女史と呼ばれるようになった。

女だてらに……なんてセクハラかもしれないがタバコを喫(す)っている。昨今はオフィス内禁煙なので、どうしているのか。注意をされても、

「ノー・グッド」

ではあるまいか。だれも彼女に注意するのは厭(いや)だろう。

若い社員なんか歯牙にもかけない、といった感じ……。

——田辺とは、どうかな——

田辺には妙に愛想のいいところがあるから、ゲテモノに近づいて、

「荷物、持ちましょう」

ギロリと睨(にら)んで、

「グッド」

そんなこともあるのかもしれないが、オフィスでは仕事も異なるし、接点はありえない。私的な関係……。

——それも、あるまい——

田辺が私の下に配属になったばかりのころ、一度、廊下を行くグッド女史を見て、

「あの人、なんですか」

聞いたことがあったはず。

「上司だよ」

「へえー。エンガチョ、ですね」

と珍しい言葉を吐いていた。

——エンガチョ、か——

久しぶりに思い出した。多分、東京言葉。子どものころに使っていた。厭なもの、近づきたくないものをはやしたてる言葉のはずだ。

なのに、そのエンガチョの荷物を田辺はどうして持つ気になったのか。グッド女史も笑ったりして、

——彼女の笑い顔なんて、見たこと、あったかなあ——

初めて見たような気がしてならない。

いつか田辺に直接「どういう仲なんだ」と聞いてみよう、そう思いながら、うまい機会がなく、わけもなく心に残った。

まったくの話、二度あることは三度あるのかもしれない。

私事ではあるが、ジーパンが好きだ。自分でも穿(は)くが、女の人が恰好よく穿いているのがわるくない。あはは、妻の美津子がよく穿いている。若くもないのに、よく似合

う。

「ジーパンとジーンズ、同じものか」

「ジーンズが生地のことで、それで作ったパンツがジーパンでしょ」

「デニムとも言うよな」

「あ、それは確か、フランスにニームってとこがあるのよ。そこが原産なんじゃないの」

「デ・ニームか。〝ニームの〟だな」

「ええ」

女性の細い腰と長めの脚にふさわしい。

「男の子も、いいよな、あれは」

「かわいいわよね。垢抜(あかぬ)けて」

そんな会話を交わしたことがあったけれど、日曜日の午後、駅前通りへ独り買い物に出ると、交差点の向こうに、まさしく垢抜けたジーパン少年がいる。うれしそうにうしろに立つ母親に向かって話しかけている。

――十二、三歳かな――

わが家に子どもはいない。しかし、いつだって、どこだって少年はかわいいものだ。まだ新しそうなジーパンがよく似合っている。

が、信号が変わり、母子連れが歩きだしたとき、

——お母さんもジーパンなんだ——

と、これは少し前に気づいていたが、

——えっ、うちの奥さんじゃないか——

と眼をこすった。私は体の下半分だけを、ズボンだけを見ていたらしい。

——まるで母子じゃないか——

あんまり親しそうな様子なので、見まちがいかと思ったが、ちゃんと見つめれば、まちがうはずもない。

——どうして——

子どもがないのだから……子どもの友だちだっていない。一年前に引越して来て、近所づきあいはほとんどないし、親戚にも思い当たる男の子はいない。

つい先日、深夜のテレビで若い人妻が、ずっと年下の少年に恋する映画を見た。外国映画である。どういう結末か、途中で眠ってしまったのでストーリーはわからないが、

——こんなこともあるんだ——

ちょっとくすぐったいような、美しい恋だった。美津子もそばで見るともなしに見ていたはずだ。

——あれかなあ——

と妄想をめぐらしたが、文字通りの妄想、ありえない。それに、交差点の二人は……みごとに明るかった。世を忍ぶ、という気配など少しもなかった。

正直なところ、美津子はけっして子どもを好むタイプではない。友人が経営する銀座のブティックを手伝いながら、あとは旅に出たり、カルチャー・スクールに通ったり、気ままに、自由に暮らしているが、母性は顕著なほうではあるまい。子どもに恵まれなかったのは……私も強くは望まなかったけれど、そして、これは神様の思召し、むしろ夫婦の生理的な事情に由来することだろうと思うけれど、本心、美津子が望まなかった、と、そう推察されるところがなくもない。子どもより自由を、そう考える女性は現代では、この国で確実に増えているのだ。

それなのに街角で見た風景はなんだったのか。私は見守り、遠ざかっていく二人を見つめて首を傾げるばかりだった。女も少年もみごとにジーパンを着こなして……大の仲よしみたいに映った。

——フィクションの楽しみ、かな——

これは想像できる。頷ける。母性より自由を、と選んだとしても、フィクションとしてチャンスがあれば母性のまねごとくらい演じてみたくなる、それは充分にありうることだろう。現実よりフィクションのほうが、みごとに演じられたりして……。母になれなかった女は、いっときの喜びを享受するのかもしれない。

これは夕食後のひとときに尋ねた。

「今日、街で見たぞ」

「あら、どこで」

「駅前通りを少し来た交差点で……。俺、こっちのパン屋の角で信号を待ってたんだ。そしたら、あんた、向こう側に……」

「知らなかったわ」

「うん。美少年といっしょだった」

少し思わせぶりに告げた。

「ああ、滝田君ね」

「だれ」

「かわいいでしょ」

「かわいい。ジーパンがよく似合ってた。二人とも」

「おそろいで」

「ああ。どこで知り合った？」

「どこでしょう」

妻は夫のフィクションとしての疑念を推察したのか、思わせぶりに言う。

「わからん」

「いいところで」

「なるほど」

一つ頷いてから、

「このあいだ、映画やってたろ」

「なーに」

「人妻がずっと年下の少年と恋仲になるやつ」

「あ、そう」

「見てたろ？」

「見てたかしら。それで、どうなるの」

「わからん。俺も途中で眠ってしまった」

「なーんだ」

ジーパンの少年の正体を知ったのは、このときではない。翌日、いや、翌々日、

「今度の日曜日、写生旅行へ行くの」

「ああ、言ってたな」

日取りはともかくそんな予定のあることは小耳に挟んでいた。美津子は少し前から絵画教室に通って絵を描いている。

「秀ちゃんもいっしょ」

と、うれしそうに言う。だれのことか見当がつかないでもなかったが、

「だれ、秀ちゃん？」

「このあいだ見たでしょ。交差点のところで」

「ああ、あんたのボーイフレンド」

「そう」

と短く言って笑ってから、

「いい子なのよ。教室で肖像画を描くことになって、私があの子を選び、あの子が私を選んだの、モデルに」

「へえー、どうだった？」

「まだ未完成。教室に置いてあるわ」

「この近くに住んでるんだ、秀ちゃんは」

「二つ先の駅。たまたま会って……」

「仲よさそうだったぞ」

「いい子なのよ」

二人が親しそうにしている理由は見当がついた。そうとわかったところで、

「花の便りって、なんのことだろう」

と話題を変え、立ってベランダに出るガラス戸を開けた。このところ私もフィクショ

ンに襲われているのだ。

「花の便りでしょ。花が咲きましたよって、その知らせよ」

「だれが知らせるんだ」

美津子は小首を傾げ、

「あ、そういう疑問ね。テレビとか、新聞とか……」

「花が知らせてくれるんじゃないのか」

「それもあるかもね」

「ベランダに出ると、なんか匂ってくるような気がする」

サンダルを履いてベランダに出た。くちなしがかすかに匂う。

「そう？」

と美津子も顔を突き出して息を吸う。そして首を振った。

「匂わないわ」

「うん」

しかし私の鼻には匂ってくる。

——昨日の夜から——

どこからともなく、かすかではあるが特徴のはっきりした花の香が飛んでくる、みたい。あるかなしかの匂いが私の周囲に流れている。

——花の便り、かな——

この匂いは美少女の思い出につながっている。これはフィクションではない。

その人の名は北村郁子……。中学の同級生だった。家が近かったせいもあって、そこそこに親しい仲だった。顔を合わせれば話を交わすくらい……。

——初恋かな——

特筆するほどの出来事はなにもなかったけれど、

——あれは初恋だったな——

独り情熱を傾けた時期があったのは本当だった。顔立ちも今となってはよく思い出せないし、集合写真の小粒な表情しか所持していないけれど、

——まちがいのない美少女——

この確信だけは今もゆるぎない。

ジーパンを穿いていた。袋小路の突き当たりの家にはくちなしが咲き、芳香が……夏休みのころの芳香が忘れられない。

高校生になると、べつべつな学校だったから、おのずと疎遠になる。と言うより中学生までは、ただの仲よしでよいけれど、高校生ともなれば恋へと変貌する。変貌しなければ、男女の仲はむつかしい。私はなにもできなかった。美少女には、もっと確かな誘惑が押し寄せてくる。知らない先輩に呼び出され、人気（ひとけ）のない神社の裏で、

「お前、北村郁子とどういう仲なんだ」

　と凄（すご）まれた。

「いえ、べつに」

「チョロチョロしてると痛いめにあうぞ」

　と脅された。

　実際にはいささかも脅されるような仲ではなかった。神社の塀に、私と郁子の名を傘の下に書いた落書が一つ、薄ぼけたままあるだけの仲だった。私は時折そっと郁子の住む路地に立ち入り、

――見えればいいな――

　姿を虚（むな）しく探すだけだった。学校の勉強が忙しく、

――こんなときは〝in vain〟を使うんだな――

　と、よそごとを考えたりしていた。つまり〝I wanted to see Ikuko in vain.〟だろう。〝会いたかったが、会えなかった〟なのである。いつもくちなしの匂いが漂っていたような気がしてならない。

　それからは美少女の恋の噂を聞かないでもなかった。その相手についても、

――ああ、あの人か――

　と、一人、二人、年長者を知らないでもなかった。

郁子と最後に会ったのは……それが最後と知るよしもなかったが、確か大学生のころ、掛川駅の駅前のポストの脇だった。

東海道の掛川が私の故里である。両親の死後、ほとんど訪ねることもなく縁のない街になってしまったが、この郊外の片隅がくちなしの匂う路地だった。花の香りが強過ぎて、いっさいがフィクションに化けてしまいそう。眼に残り耳に響くのは、駅前のひとときのほう。

偶然出会って言葉を交わし……ただそれだけの本当に短いひとときだった。美少女はなんだかやつれて、はかなく見えた。健康のことが話題になり、

「私、長くないと思うの」

と言う。

「なにが」

と問えば、

「命よ。死ぬかもしれないわ」

「まさか」

「本当よ。死ぬときは、お別れのパーティをして親しい人に来てもらうの」

不思議な想像を語る人だった。

「そう簡単に死ぬなよ」

「ううん。仕方ないわ。花の便りを送るから、いらして」

「花の便り？」

「ええ」

花の便りが来るならくちなしだろうと、そう思ったのはこのときだったか、もっと後のことだったか……郁子の言葉だけが記憶によく残っている。

間もなく北村郁子がミス静岡に選ばれた、と聞いたけれど、あのとき以来、三十年あまり……郁子の消息はほかにほとんど聞かない。それが急に今日このごろ花の便りが、くちなしの香りがそこはかとなく私の周辺に漂ってくるのだ。


ジャイアンツが敗けてばかりいる。だから新聞を丁寧に見るのが厭だ。畳んでポンと投げようとすると、今月の運勢が書いてある。月初めに示す星占いらしい。私は天秤座。バランス感覚が身上だ。占いなんか滅多に見ないのだが、ヒョイと覗くと、

〝よく似たことがたて続けに起きる。グループに誘われるときは要注意〟

とある。

――当たっている――

と思い、すぐに、

――ちがう――

と首を振った。

占いというものは、これから起きることを予見するものだろう。まわりの人ではなく、当人のことを予測するものだろう。

確かによく似たことが続けて起きた。東京駅で高瀬さんと田辺が親しげに話していた。田辺はグッド女史の荷物を運んでいた。美津子と少年が親しげに街の交差点に立っていた。しかし、どれも過去のことであり、私自身のことではない。どれもみな思いがけない人間関係だが、そこへ私が加わるよう誘われたわけでもない。

──これから誘われるのかな──

なにかのグループに……。

──だったら厭だな──

そう思ったのは……病院へ行き、会社が勧める健康診断を受けなければならなかった。案の定、待合室に入ると、親しい同僚の田代がいて、

「よおっ、これからか？」

「うん。あんたも？」

「ああ。バリウムと内視鏡とどっちを選んだ？」

「内視鏡」

「そりゃいい。俺もそうだ。五十歳を過ぎると危いからな」

「うん」

まさか同じグループに……同じ病気で入院するグループに組み込まれるんじゃあるまいな、と案じてしまった。

検査のあいまに顔を合わせて雑談を交わしたが、田代がふと、

「あんた、タバコ喫うの？」

「いや。あんたは」

「俺？　やめた。このごろひどいよ。かわいそうなくらいだ。健康診断なんか受けると、スモーカーは絶対悪だもんな」

「やっぱりよくないんだろ」

「よくないのかもしれんけど、ヘビー・スモーカーで長生きしている奴、いくらでもいる」

「みんな喫うときは鳥小屋みたいなところに閉じ込められて、気の毒だな」

「うん。しかし、いいこともあるらしい」

「へぇー、なに？」

「うちの会社も各階に一カ所だけ喫煙ルームがあるだろ。スモーカーたちが集まって、みんな迫害されているから共通の仲間意識が芽生えて……情報交換ができちゃうんだ。部とか課とかの壁を越えて……」

「なるほど」

「上役と新入りが仲よくなったりして」

「それだ」

思わず声に出してしまった。

「なに？」

「いや、べつに」

高瀬さんは愛煙家だ。田辺も喫う。グッド女史も喫煙室へ行くだろう。田辺はしれっとした様子でいろんな人と口をきくようになったにちがいない。

田代は名前を呼ばれて、

「じゃあ、お先に」

と去っていく。私は独り納得して頷いていた。検査の結果は一週間後くらいに郵送されてくるらしい。

帰り道、バス停でまた田代に会い、

「どうだった？」

「うん。少し膵臓に怪しいところがあるらしい。再検査を言われた」

私は再検査の必要がなかったけれど、検査技師はなにかためらっていた。

――田代よりはましなのかな――

　でも、それは言わない。言葉を探していると、田代は苦笑を浮かべながら、

「このあいだ静岡へ帰って新聞見てたら、ほら、なんとか言ってたろ、北村郁子かな。ミス静岡。あんた、友だちなんだろ」

　ドキンと胸が鳴った。田代も静岡の出身だ。

「昔のクラスメート、それだけよ。どうして？」

　どうして新聞に載るのか。

「膵臓がわるいらしい。覚悟のお別れパーティをやるって。写真は元気そうだったけど……」

「へぇー」

「呼ばれなかったのか」

「呼ばれるわけ、ないだろ」

　どういう記事だったのか。死を覚悟して友人・知人を招いたのだろうか。

「みんな危い年齢なんだ」

　だから、どこかに同じ病気が……この心配は拭えない。

　日射しはきついが、風はここちよい。ふと花の匂いを感じ、

「いい匂いだな」

　しかし花の姿は見えない。

「なに？」

「匂わない？」

田代は鼻孔を膨らませて首を廻したが、

「うん？」

と不思議そうに見る。

「しない？」

「さっき、嗅いだな。じゃあ、お先に」

田代の乗るバスが先に来た。田代は最前と同じ挨拶を告げてバスの中へ消えた。

風の匂いを探った。

——行ってみるかな——

花の便りなのかもしれない。


日曜日。朝、起きると美津子の姿はない。写生旅行に出かけたはずだ。ジーパン姿を夢うつつで見たような気がする。天気は……よい。暑くなりそうだが、

——行ってみるかな——

ぼんやりと考えていたことだ。花の香が誘っている。ずっとご無沙汰ばかりの故里を……知る人のほとんど住むはずのない街を訪ねたくなった。ローカル線の駅に降りて大

通りから住宅街に入り、路地の突き当たり……。

――北村郁子はいるかな――

いるはずがない。その後の消息は知らないが、

――あそこにはいない――

だが、あるかなしかの花の匂いはなんだろう。

――田代はへんなことを言ってたけど――

ムックリと起きて小旅行へ赴く決心をした。Tシャツにジーパン。薄い上着だけを持った。新幹線の中は寒いかもしれない。

こだま号は小田原で、後発の、のぞみ号か、ひかり号か、一、二本待たなくてはいけないからくやしい。

――急ぐ旅ではないし――

東京駅で買ったサンドイッチを開いていると、

――えっ、この人――

見覚えのある男が……見覚えのあるような男が通路を通り過ぎていく。身を乗り出してうしろ姿を追った。

――北村郁子と親しかった人――

地元の野球チームのスターで、都市対抗にも出場して……しかし、そんなことより、

——死んだんじゃなかったかな——

同級会で聞いたような気がする。聞きちがいだったのかもしれないし、たったいま見たのが見まちがいかもしれない。

——馬鹿らしい——

もしかしたら彼もまた北村郁子に呼ばれたのではあるまいか。花の便りに誘われたのではないのか。

ますます馬鹿らしい。

掛川駅に着いたのは二時過ぎだった。ここから天竜浜名湖鉄道へ乗り換える。昔は自転車で走る地域だった。

かすかに……だが時折強くくちなしの花の匂いが漂う。しかし花の姿はどこにも見えない。

——えっ——

また驚いた。

人影が私の前を通り過ぎ、階段の下へ消えた。

——この人——

これも北村郁子と親しかった男……。さっきの人とはちがう。が、彼はまちがいなく

死んだはずだ。

あとを追った。

が、どこにも見えない。私の前を通り、次には消えてしまう。

花の匂いがさらに強く飛んで来る。そして他の感覚を疎かにする。嗅覚は、思い出の分野に入ると、他の感覚を越えて微妙なものを運んでくるらしい。

——こんな感じだったよな——

自転車で走った駅前商店街はおおよそ記憶に残っていた。こんな店、あんな店……シャッターが立て続けに下りているのが気がかりだ。百メートルほど歩くと、地下道がある。

——大雨で、通行止めになったことがあったな——

黒くポッカリと開いた出入口を見たとき、

——あれ、どうして——

戦慄を覚えた。

男のうしろ姿が地下道の中へ向かって行く。さっき階段の向こうへ消えた男……。死んだ男、死んだと聞いた男……。

足を速めて追った。地下道はひどく暗い。男のうしろ姿は遠くにあって、もうすぐ外へ出ようとしている。白い出入口の中に黒い影が映った。そして急に消えた。

私は走った。そして外に出ると、

──へんだな──

なにかがちがう。知らない街のような気がしてならない。男が遠くの角を曲がった。花の匂いがただごとではない。角を曲がるたびに見えない花が、まるで私を包んで閉じ込めるように匂いを濃密にする。気が遠くなりそうだ。

そして私が曲がるたびに遠くで男のうしろ姿も曲がって消える。最後の角を曲がったとき男がもう一人加わった。新幹線の中でかいま見た男、都市対抗に出た男、北村郁子と噂のあった男……。

──彼も死んだのではなかったか──

袋小路には数人の男たちがうしろ姿になって急いでいる。いくつもの黒い影が北村郁子の家へと静かに、滑るように歩み寄っていく。

──花はどこに咲いているのか──

女の声が聞こえた。客を迎えているらしい。その客は、

──田代じゃないのか──

私は足を止めた。

普段は気にもかけない星占いに眼を向けて数行を心に留めたのはなぜだったろう。〝よく似たことがたて続けに起きる〟のではないのか。〝グループに誘われるときは要注

意〃ではないのか。

世の中には、知らないグループが散らばっているらしい。喫煙室には部局の壁を越えてスモーカーたちが集まり、絵画教室には日ごろは縁の薄い老若男女が集って親しむ。北村郁子は「死ぬときにはパーティを催す」と笑っていたっけ。郁子と親しんだ男たちが花の匂いに誘われ……死んだ男、死の近い男、次々に集まってくるのだ。こっちへ振り返ったのは、

——やっぱり田代だ——

健康診断の再検査をひどく心配していたようだったけれど……。膵臓がよくないと言っていたけれど……。

私は必死の思いで路地の入口に背を向けた。おぼろな意識を振り払い、まともな感覚を奮い立たせて、一歩、一歩、道を戻った。

地下道の近くまで……遠ざかると、花の匂いが消えた。通り抜けると、いつしか周囲は夏の夕闇の街に変わっていた。

だれかを探して

圭子と結婚して一年と少し。ともに四十代。遅い結婚だったから子どもを持つこともなく、このまま二人暮らしを続けていくことだろう。

考えてみると、結婚生活に詳らかな人なんて……いくつもの結婚を知っている人なんて珍しいはずだ。だれしもがそれぞれの結婚を、

——こんなものかな——

半信半疑で営んでいるのではあるまいか。

もし八信二疑、六信四疑、さらには三信七疑、そんな言葉があるならばみんなが適当な按配でやっているにちがいない。

圭子と知り合ったのは旧友の古橋の紹介だった。古橋は圭子の再従兄に当たり、幼いころから妹のように親しんでいたらしい。

紹介される少し前に、

——あれはなんだったのかな——

ただの偶然なのだろうが、今でも不思議に思うことがあった。そのころ私は青山に住んでいて、時折訪ねるコーヒー・ショップがあり、その窓ぎわの席、外を行く人のファッションなどを見て楽しめるのだが、その日は先客があった。近くに坐（すわ）って、コーヒーとトーストの注文……。ここのトーストは厚く切って焼いたパンの上にバターを載せ、それをまた焼くのでバターが溶けてパンに染み込み、これが私にとって特別にうまい。食べていると、窓ぎわに坐った女性の客も同じものをおいしそうに口に運んでいる。

――同好の人――

と思い、なにげなく見つめると赤と緑のカーディガンが美しい。容姿もわるくない。女性の美しさについては、正直なところ、よくわからないのだが……つまり女優のような天下が認める美女はべつとして〝普通にきれい〟と私が思うあたりが、世間一般のものさしに符合しているのかどうか、自信がないのだ。窓ぎわの女性は、とにかく私にとって美しかった。もちろん、この日の情況はこの判断でいっこうに差し障りはあるまい。

少しく観察していた。手の動きがしなやかで、好ましい。

そしてそれから数日後、古橋に、

「ちょっと会ってほしい女（ひと）がいるんだ」

と、ホテルのロビイで紹介され、

——あ、あのときの女——

と膝を打った。

少し親しくなってから、

「青山のコーヒー・ショップ、よく行くんですか」

「どこかしら」

店の名を告げたが、キョトンとしている。赤と緑のカーディガンを言っても話が進まない。

——別人らしい——

と気づいた。トーストの好みもちがう。それにしても、

——よく似ている——

驚いてはみたものの、

——それほど似ていないのかもしれない——

とも思う。

この件についての会話は、そのままうやむやになってしまったが、さらにべつの日、なにかのきっかけで、

「世の中には自分そっくりの人が二人いるって言うじゃないか」

「そうなんですか」

と圭子は、……表情はむしろ肯定している。

「自分を入れて合計三人だ。そっくりさんが」

「お会いになったこと、あります？」

「いや、ない。あなたは？」

「ありませんわ」

青山は圭子の繁く通う街ではなかった。

ちょっと不思議だが、日常どこにでもある出来事であり、会話だったろう。

古橋には、

「どんな女？」

と聞いたこともあった。言葉はちがうが、二度、三度、同じ疑問を投げたと思う。

「見た通りの女だよ」

「穏やかで……」

「そう。やわらかいけど、自分を持ってる」

「自分を持ってるって？」

「個性的って言うのかな。日記なんかキチンとつけて」

「ふーん」

「旅行が好きで」

「あ、それは言ってた」

「行きたいところには一人でも行く」

「なるほど」

女の人はたいてい仲間と旅に出る。一人で行くのは確かに個性的だろう。

何度目かに尋ねたときには、

「普通だよ。よいことはよい、わるいことはわるい。常識的なんじゃないかな」

「うん」

「本も好きだな。読んで、あれこれ想像している」

「なるほど」

「あ、それから一応言っとくけど……」

と、口籠る。

「なに？」

「一応伝えておくけど、若いころ、熱烈な恋愛をしてる」

「へえー」

熱烈はちょっと意外だった。

「相手は自動車事故で死んじゃってね」

「気の毒に」

「かなりショックを受けたんじゃないのかな。若かったから。いっときショックで体調を崩してた」

「若いころって、いつ」

「学生のころ。二十年以上前だ」

「古いな」

「古いから、もう今じゃなんの関わりもないと思ったけど、紹介した手前、耳に入れておくよ。彼女には言わんでおいて」

「わかった。しかし、彼女がうち明けたら？」

「そりゃ、いいよ。どうってことない」

結婚を決めるかどうか、そんな時期の会話だった。

圭子に直接尋ねたことは……人柄を知るヒントくらいにはなるだろう。

「なにが好き？　食べ物」

「おいしいもの」

「そりゃ、そうだろうけど」

「ご馳走（ちそう）が好き。世間でおいしいって言われてるものなら、みんな」

「なるほど。じゃあ、あんこう鍋とか」

「厭（いや）だわ。遠慮します」

牡蠣もあまり好きではないらしい。なまこは駄目。蜂の子なんてトンデモナイ。牛肉もウェルダン、魚も刺身より煮つけや干物のほうが好みらしい。生臭いものは苦手なのだ。私は大好きなのだが……。

趣味は読書より音楽かな。音楽を聞くこと。クラシックも好きらしい。映画は昨今のけたたましいのはまったく見ないし、歌舞伎なんかも誘われれば行くけれど、

「なんだかけばけばしくって」

と、大げさなところが厭らしい。

「ミステリーは」

読書の中身を尋ねると、

「お好きなの？」

「俺は大好き」

「私は駄目。怖いし」

「怖くない。おもしろいぞ」

「だって人殺しでしょ」

「まあ、それが多いな」

「信じられない。人を殺して楽しむなんて」

確かに昨今は相当に残酷なものもある。

「実際に殺すわけじゃない。トリックのおもしろさだよ」

「ええ、でも……」

と言いながら首を振る。

「食わず嫌いだな、きっと」

「食べなくて結構よ」

外国の小説が好きらしいのでヴァン・ダインの〈グリーン家殺人事件〉を勧めてみたけれど、読んだのかどうか、多分駄目だったろう。感想を聞くのもはばかられた。

半年ほどつきあって結婚となったが……わるい伴侶ではない。「どう?」と聞かれれば「満足してる」と答えるだろう。

だが仲間うちで話していると、口の悪い奴が、

「女はわからんよ」

と顔をしかめる。

「うん?」

「一年くらいだろ。まだわからん。なにかしら秘密を持ってるもんだよ」

「へそくり、とか」

「そりゃ罪の軽いほうだな。もっとほかに……」

「おたがいさまだろ」

「まあな」

話しながら私の心をかすめるものがあった。

――男だって秘密を持っている――

ばれたからと言って特に不都合という秘密ではないとしても、

――あれは、どういうことなのかな――

自分でもよくわからないことがある。

私は双子のかたわれで、弟は早いうちに養子に出され、間もなくそこで亡くなったらしい。父も母も、

――あの子にはかわいそうなことをした――

と、心の痛むところが少なからずあったにちがいない。あって当然だ。辛かったろう。だから……この件は滅多に話題にのぼらなかった。とりわけ私の前では……。だから私も事情をよく知らない。だれかの口から「生きてんじゃないの」と、いい加減な噂を聞かされたこともある。嘘にきまっているけれど、はっきりしないところもある。父も母も早死にしてしまい……父は私が十三歳のときに、母は二十七歳のときに、それぞれ病いで他界してしまい、兄弟もない。

――もう一人、私そっくりの人間がいるのかもしれない――

青山のコーヒー・ショップで見た女が、圭子とそっくりで、それがやけに心に残った

のは、自分の事情と関わりがあったからかもしれない。

ことさらに隠しておくことではないが、話そうにもよくわからないから、圭子にはほとんどなにも話していない。でも、こういうことは人間の深層心理に影響を与えるというが、本当だろうか。ミステリー小説が好きになったのも、案外こんなイマジネーションと関わりがあるのかもしれない。だから夫婦間の秘密と言われれば、まずこれを思い出してしまう。

いっしょに生活するとなると、圭子についても、ほんの少し気になることがある。二人の住まいを決めようとしたとき、いろいろ候補があったけれど、圭子が、

「これがいいわ」

と、珍しく強く主張した。それが現在の住まい、4LDKの家である。

小さなビルの二階で、もともと二世帯住宅であったものを改装して、狭いながらもパネルで区切って部屋数を多くしたのが特色だ。リビングと客間と寝室は二人で利用するが、残り二つはそれぞれの専用で、

「絶対のプライバシイよ」

これが圭子の訴えだった。「神聖にして侵すべからず」なんて大仰な言葉を吐いていた。

「じゃあ、俺のほうも」

「そうね」

夫婦の間で固くプライバシイを主張することは、逆に、むしろ、

――秘密があるってことかな――

この疑念を、かすかではあるけれど抱かないでもなかった。

もし圭子の過去に激しい恋があったのならば、自室の机の引出しに男の写真が入っているくらいのことはあるだろう。それを勝手に見られるのは、

――厭って言えば厭だろうな――

だが、どうということもない。この程度の秘密なら人間同士いくらでも持っているだろう。それをどう思うか、このあたりの心理は人それぞれ、重く考えるケースもあれば、取るにも足りないことと考える人もいる。

もともと結婚というものはカルチャーの衝突だ。それぞれの家に伝統があり習慣があり、ささやかながら日常の文化がある。それが夫婦の間でぶつかり合い、戸惑ったり、折り合ったり、隠し合ったりするわけだ。ささいなことでもちがいはちがいとして波風が立つ原因になったりする。たとえば、ご飯を食べ終わり、

「すぐにお茶ですか」

「うん」

私の家のカルチャーは、すぐに、ご飯茶わんにお茶を注ぎ、食器についた汚れを（そ

れが目的ではないにせよ）洗いながら飲む。それを圭子に求めると、

「なんだか……へん」

圭子は〝汚ない〟と言いたいのだろう。彼女のカルチャーはずっと上品で、食卓の茶わんや皿を片づけ、あらたに湯飲みをすえて茶を入れる。どっちでもいいようだが、案外、こだわりのたねとなったりする。毎日繰り返される衝突だ。いずれ妥協が成立していく。わが家は圭子のカルチャーへと……。

カルチャーの背後には、心理がある。表面に現われないが、それがしこりを生んだりする。

「きのう、おもしろい夢、見たなあ」

「どんな夢？」

「街で知らない男に肩を叩（たた）かれ、振り返ると、俺そっくりなんだ」

「それで？」

「そいつが近いうちに墓参りに行ってくれって、そう言うんだ」

「だれのお墓？　お義母（かあ）様？」

「そうじゃない。そいつの家の墓だよ」

「なんのために」

「アリバイ作りらしい」

「どういうこと？」

「そっくりの俺がそいつの家の墓参りに行ってるあいだに、そいつがなにか悪いことするんだろ」

「ひどい」

「だから首を振って逃げたけど、追いかけて来る」

「ええ？」

「そこで眼をさました。結構怖かったな」

「推理小説みたい」

「まったく。〈替玉作戦〉ってのがある。前に読んだよ」

「厭ねえ」

「また見るかもしれない」

そっくりは三人いるということだし、考えようによっては怖い夢だ。だれか殺したい人が生じたときに……役に立つ。

「替玉って、なーに」

「だれかと入れ替わることだよ」

「怖いわね」

「あんたは夢を見ないのか」

「見るわよ」

「どんなって、すぐに忘れちゃう」

本当かな。

「少しは覚えてるだろ」

「覚えていても人に話したりしないわ」

「どうして」

「どうしても。厭よ、心の中を覗かれるみたいで」

おそらくそれは自分の深層心理を白状することにつながっているからだろう。自室のプライバシイを固く守るのも、このことと関わっているのかもしれない。夢は頭の中にある〝自分の部屋〟なのだから……。

圭子の強い希望もあり、とにかく夫婦の部屋はそれぞれ固く鎖されることとなった。けっして侵入しない。覗かない。べつに鍵をかけるわけではないが、約束の鍵は固い。かくて私は妻の部屋の様子をまったく知らないのだ。

——圭子も同じだろう——

留守中のことは確かめようがないが、掃除はそれぞれが自分でやるし、たいていのことはリビングルームと客間と寝室でこと足りる。

だが、半年前くらいかな、

——なんで——

かすかな違和感を覚えた。

私は神田の化学メーカーに勤めているのだが、確か金曜日の午後、芝浦の研究所に赴き、少し早めに帰宅した。圭子は前の日から旅に出て留守だった。手帳を見れば日付ははっきりとわかるだろう。

自分の部屋へ入ったとたん、籠ったぬくもりの中に、

——だれか入ったな——

いつもとちがう気配があった。すると……足もとに短い鉛筆が落ちている。

もちろんそれは日ごろ私が使っている鉛筆だ。短いのが一本あることも知っていた。が、この鉛筆を今朝、あるいは昨日の夜に使っただろうか。たいていはボールペンで筆記している。鉛筆を使うのは、特別なとき……急いでメモを取ろうとして、たまたまそれが指に触れたとか、そう繁くはない。

それに、落ちている位置は、デスクの端からドアへ向かって一、二メートルのところ、室内の通り道の、まん中あたりだ。私はこんなところに落ちているものを、小さなごみだってたいてい見つけるし、見つけたらけっしてそのままにしておかない。鉛筆なら拾ってデスクの上のペン皿に戻す。それをやらなかったとしたら、やらない理由がなにか

あったはずだ。

——そんな記憶はない——

じゃあ鉛筆がなにかの作用でここに落ちたのか、風とか、地震とか。

風は吹き込むはずがないし、地震なら、よほど激しく揺れたとしてもペン皿から跳んで下へ落ちる可能性は低い。ペン皿は平たい木箱で、黒と赤のボールペン、消しゴム、スティック糊（のり）、ホチキスの針といっしょに長い鉛筆が一、二本置いてある。ほかの筆記用具は少しも動いていないのだから短い鉛筆だけが跳ぶはずがない。やっぱりだれかが入って短い鉛筆に触れたのだろう。

——圭子かな——

これも、旅に出ているのだから考えにくい。

——私かな——

思い直しても記憶はないままだ。答をえられないまま少しずつ忘れた。

すると、それから少したって、独り自室に入ると、今度は本棚の本が少し動いているではないか。

デスクの向こうに本棚があり、一番手を伸ばしやすいところに推理小説が四、五十冊、三段の棚に分けて並べてある。そのまん中、外国の推理小説を並べたあたり……新しいのや古いのや、ヴァン・ダインやエラリー・クイーンやアガサ・クリスティや、私の好みを並べたところに、だれかが手を伸ばし、一冊か二冊抜いて、戻した痕跡が……気配が残っていた。

——アイラ・レヴィンの〈死の接吻〉かな——

もう一人の私が忍び込んで抜いたのは。これが一番怪しい。文庫本の列から一センチほど前に本の背がはみ出している。私は、どの棚も本の背をきれいにそろえておく質なのだ。この名作を読んだのはずいぶんと昔のことであり、つい先日まで私の手もとにあるかどうか、それもはっきりせず、ブックオフで見つけて、

——読み直してもいいし、だれかに勧めてもいい——

百二十円也で入手したのだ。

ほんの少し思案をめぐらすと、このあいだ、職場の仲間と酒を飲み、

「セックスの用語ってむつかしいよな」

よろず一家言のある先輩が言っていた。

「そうですか」

「うん。フランス語のアンブラッセ。英語にもあるか、エンブレース」

「ええ」

「本来は〝抱く〟ってことだ。でもフランス語じゃ、キスをすること。もちろんベッ

ド・インにも使われる」

講釈を垂れていた。

私は頭の隅で、ほとんど無意識のうちに、

――アイラ・レヴィンの名作は、どういう意味かな――

とりとめもなく聞いて留めておいたのではなかったか。死ぬほど凄いキスってなんだろう、死の合図となるキスかな、などと……。

しかし、この本を、ここ数日中に、読んだわけではない。ブックオフで買い求め、本棚にきちんと、そう、まちがいなくきちんと差し込んだだけだ。それっきり手を触れていないはずだ。

だが、だれかが……もう一人の私。やって来て、ちょっと一休み。

――久しぶりに名作を読んでみるか。結末はどうだったっけ――

なんて、これはちょっとした余暇の過ごしかたとして考えてしまう。あっても悪くない。となると心理的には納得できるが、物理的にはむつかしいってことかな。

――まるでミステリーみたい――

こんな小説、なかっただろうか。いくら考えてもわからない。釈然とはしないが、

――俺の、気のせいだな――

だれかが入ったと感じたこと自体が、勘ちがいなのだ。これが一番ノーマルだろう。

なにか実害のあることではないし……忘れなかったけれどペンディング、頭の隅のほうに留めておくより仕方なかった。

気がかりではあるけれど、圭子に「俺の部屋へ入った？」と尋ねるわけにはいかない。それを、どう説明したらいいのか。

この質問は、ほかの夫婦なら、きっと「昼めし、なに食った？」くらい普通な、日常的なものだろうが、わが家では少し重い。相手の行動について疑いをほのめかすことになりかねない。

——可能性としては、充分にありうることなんだが——

私は問い質す気になれなかった。

すると……また夢を見た。

書庫のような部屋に男が坐っている。ずいぶんとはでなシャツをまとっていて、

——俺の好みじゃないな——

と思ったとたん、こっちを振り向く。

——俺だ——

と思ったが、私ではないらしい。

——なーんだ、弟じゃないか——

とわかったが、弟はずっと昔に死んだはずだ。男は笑いながら、
「気にするなよ」
と言っているらしい。勝手に本を抜き出して読んでいる。よく見ると私自身らしいと
ころもあるから文句が言えない。
トン、トンとドアをノックする音がして、女が入って来た。
圭子だ。
女も男の隣に坐って本を読み始める。急に顔をあげて、
「ミステリーって、おもしろいわね」
と呟(つぶや)く。
――本気かよ――
驚いたとたんに目をさました。曖昧な思案の中で、
――やっぱり俺がもう一人いるんだ――
とおかしな納得が生じ、すぐに、
――そんな馬鹿な――
と、しぼんだ。
――やっぱり圭子がこっそり俺の部屋に入って本を見てるんだ――
夢が暗示している……。

ゆっくりと考える。もしだれかが私の部屋に入ったとすれば、圭子、そう考えるのが一番まともな考えだろう。

だから、とうとう尋ねてみた。夕食後のリビングルーム。テレビがＣＭに変わったときに、

「きのう、月がきれいだった」

私の部屋のドアを顎でさしながら告げた。

「あ、そう」

「あんたの部屋、見えた？」

「見なかったけど」

「俺のほうの窓……。見る？　入ったこと、ないだろ」

と表情を探った。

「ないわよ。絶対に」

〝絶対に〟が少し重い。

「おもしろい本、あるぞ」

「ミステリーでしょ」

とキッチンのほうへ立って行く。そのうしろ姿を見ながら、

——どちらとも言えないな——

圭子が、こっそり私の部屋へ入って本棚や引出しの中を覗くことも、けっしてないとは言えない。ある、とも言いにくいが……。

こっそり覗きながら知らんぷりしているのも、

——この女(ひと)らしいかな——

そんな気がしないでもない。

すると……また書棚の本が動いていた。私の留守の間に。だれも入らないはずの部屋で。

江戸川乱歩全集の中の一冊……。このあいだからその本のことが、ほんの少しだけ気になっていたのだ。第一巻が少し動いていて、抜き出して軽く開くと、

——やっぱり——

〈二廢人(にはいじん)〉というタイトルが……それを記したページがサラリと出た。

なにげなく本を手に取ったとき、どのページが開くか、たまたま開くページは本それぞれの癖のようなもの、綴(と)じ方の偶然が作用していることなのだろうが、だれかが読んでそこを強く押したとか……そして、だれかが最近読んだとか、そんな事情も考えられる。

——〈二廢人〉が開いたのはただの偶然だろうか——

この作品は短いながらミステリーのファンの間では秀逸なトリックとしてよく知られているものだ。

――私はよく覚えている――

ペラペラとページをめくったが、めくるまでもなく、そのストーリーは、二人の老人が風呂からあがって昔のことを懺悔でもするように話し合っているのだ。一人が語るには、彼は子どものころから夢遊病のけがあって、ときどき自分では知らないのに勝手な行動を取ってしまう。初めのうちはさほどのこともなかったが、東京の学校へ入り、学友といっしょに下宿生活を始めるとストレスのせいか病気がどんどんひどくなり、夜中に無意識のまま外へ出て懐中時計を盗んで来たりする。こんな奇行が重なり、ついには殺人まで犯してしまうのだが……推理小説風に解くと、これは彼といっしょに下宿していた友人がすべて仕組んだことではないのか、夜中に墓地を歩いていたり、盗んだ時計が彼の枕もとから出て来たり、みんな近くにいる者が企めばできることばかり……。犯行ののち主人公は病人として罪を免れ田舎へ引き籠るが、それからはもう奇行は起きない、と、これも怪しい。その友人というのが、湯上がりで語り合っているもう一人の老人ではないのか、というところで作品は終わっている。

私は自室の本棚の前でページをめくりながら戦慄を覚えた。

――このストーリーを最近だれかが読んだとしたら――

その目的はなにか。

もう一人の私が……私になり代わっただれかがいるのではないか。だれかがトリックを仕かけているのではないのか。

――まさか殺人までは考えないにしてもなにか企みがあって――

少しずつ私になり代わる練習をしているとか……。

しかし、すぐにまともな思案に戻って、

――やっぱり圭子だな――

ちょっと夫の部屋を覗いてみたくなる。当然の心理だ。するとミステリーがたくさん並んでいて、

――ちょっと読んでみようかしら――

ミステリーはおもしろい文学なのだ。外国文学を読み馴れている圭子なら簡単に親しめる。しかし、いまさら「おもしろいわね」とは言いにくい。部屋へ入ったことも疑われてしまう。そこで黙って、ときどき見ている。まず一番正面にある〈死の接吻〉に手を伸ばし、次に、

――江戸川乱歩って、よく話題になるけど――

と、第一巻、短編に眼を向ける。なにかの理由で〈二廢人〉のアイデアを聞いていたのかもしれない。そのアイデアに興味を持った理由は……？

夕食後のひととき、圭子はガスレンジでお湯を沸かしながら、

「今日、丸の内に紅茶を買いに行ったら……」

東京駅の近くに特別な茶葉を売る店があり圭子は時折そこへ行く。

「うん？」

「偶然、古橋さんにお会いしたわ」

と〝偶然〟を強く言う。圭子を私に紹介してくれた、あの〝古橋さん〟である。

「それで……」

「古橋さん、近くのカルチャー教室で〝やさしい山散歩〟の講座を担当してらっしゃるんですって」

「へえー」

「土曜日の夕方」

「毎週？」

「隔週かしら。私も受けてみようかしら」

「あんたは無理だろ、山は」

圭子は少し喘息(ぜんそく)のきらいがある。旅行だって無理なスケジュールは医師から止められているのだ。

「少しコーヒーを飲んで……」

古橋と圭子は妙に親しいところがある。このごろはあまり会っていないはずだが……。

「古橋さん元気だった？」

「お変わりなく。あなたのこと〝元気か〟って心配してらしたわ」

「それで」

「あい変わらずミステリーを読んで妄想を描いてます、って」

「言ったのか」

「ええ。笑っていらした」

「ふーん」

ならば尋ねよう。

「妄想か。このごろもう一人自分がいるような気がして」

さりげなく呟いた。

「前にも言ってらしたわね」

「えっ、そうかな」

「いたって、いいじゃない。役に立つわ」

「役に立つ？」

「私も時々あるの」

さわやかに言う。

「本当に？」

「もう一人の自分を考えて……楽しいでしょ。あちこちに行って」

「うん……」

「もう一人の自分、もう一人の自分って練習までしたわ」

「それで？」

「叱られたときなんか、もう一人の自分になって神妙にしてるの。つまらない講義とか、お葬式の長い読経のときとか、もう一人の自分なのよ」

すこぶるまともな話である。

「そういうことか。都合のわるいときには、これはもう一人の自分だって」

「そう。あなたは？」

「離魂病（りこんびょう）とか、あるだろ」

確か〈二廢人〉にもこの言葉があったはずだ。

「離婚？」

「いや、それじゃなく、魂が離れていくんだ。自分が知らないあいだに、もう一人の自分が勝手に行動をする。眠っているときに外に出て行くとか」

「それなの、あなた？」

「ちがう、ちがう。妄想だ」

「ミステリーの読み過ぎでしょ」

「だれかが俺のいないうちに俺の部屋へ入って来るとか」

「空巣じゃない」

「なにも盗んでいかない。本を読んでいる」

「変なの」

たわいなく笑い、ちょうど紅茶が入って、この会話はこのへんで終わった。

圭子の言ったことをあれこれ思い出し、その奥にある心理を考えてみたが、結論らしいものはえられない。

古橋に会ってみることにした。気晴らしくらいにはなるだろう。パソコンで丸の内のカルチャー教室を調べた。確かに古橋はそこで講師を務めている。講義の終わるころに合わせて訪ねて行けば会えるだろう。

次の土曜日に実行に移した。

「やあ、古橋さん」

エレベーターに乗るのを遠くから探り、駆け足で階段を下りて行った。

「おっ、君か。なんで」

「たまたま。そう言えば、圭子がこのあいだ会ったとか」

「そう。何か用？」

「ちょっとコーヒーでも」

古橋は腕時計を覗き、

「三十分くらいなら」

「充分、充分。久しぶりに……」

「うん。久しぶりだな」

近くのスターバックスに席を探し、セルフサービスのコーヒーを並べて、少しく〝やさしい山散歩〟の話を聞き、近況を伝えた。すると古橋が、

「あい変わらずミステリーに凝っているんだ？」

と話題を変える。

「うん。読んでいる。このごろ自分以外の自分を考えるようになって」

「なんだよ、それ。そっくりさん？」

「そうじゃなく。自分以外の、自分じゃないのがいて……」

「うん？　圭子さんに話した？」

「話した。そうしたら〝私もそうよ〟って」

「そう言ったのか、彼女が」

　と身を乗り出す。

「うん。生活の方便だな。叱られてるときには〝これはもう一人の私だ〟って。葬式の長い読経もう一人の自分になって、うわの空で聞く」

「ふーん。彼女が言ったのか」

　と、なにやら思案がありそうだ。

「なんだよ」

　と尋ねたとたんに古橋の携帯電話が鳴り、

「ちょっと失礼」

　聞くともなしに話すのを聞いていると、イタリアの国立オペラが来日して、その入場券の抽選会があるらしい。ものすごい人気で、古橋は二日目の公演〈カルメン〉の特別席を二枚求めている。来週の土曜日の午後一時の抽選会、それを連絡してよこしたものだった。

「えーと」

　と携帯電話を鞄に戻してから、

「変な話があるんだよ」

　と、むしろ笑っている。

「なんだよ」

同じ言葉で話の続きを聞くと、

「圭子さん、前に恋人が自動車事故で死んだって話しただろ」

「うん」

「彼女は胸の骨折で入院してたんだ。彼はそこへ見舞に来る途中だった」

胸の骨折は、坂道で塀と軽トラックに挟まれてひびが入った、と聞いていた。

「うん？」

「ショックがひどくてね。骨折プラス心痛で入院が長びいたんだけど、その間に葬儀があって、彼女〝どうしても参列してひとめだけお別れを〟って、きかないんだ」

「なるほど」

「行けっこないよ」

「うん」

「もちろん行かなかったけど、あとになって〝圭子さん、来てたぞ〟って葬式に出た人たちから声があって」

「本当かよ」

「声があったのは本当らしい。儀式が終わるころサッと弔問者の群れの中から現われ、遺影の前でしみじみと見つめ、そのまま帰って行ったたって。もともと男の家族から反対されている仲だったから、だれも引き止める人もいなくて〝あれよ、あれよ〟という間のことだったらしい。〝絶対に圭子さんだった〟って複数の人が言ってた、という話」

「古橋さんは見たわけ」

「俺は関係ないから行ってないよ」

「そうだな」

「思い余って、もう一人の自分が葬儀に駆けつけた、ってことかな」

「圭子は知ってるわけ？　そのこと」

「さあ、どうかな。変な話だから当人は聞かなかったとしても、聞いたとしてもジョークって言うか、君の好きなミステリーとして伝えられたんじゃないのか、話す人もあまり信じてなくて。あ、そう言えば、君のとこの会社にいるじゃない、木崎さん、彼は死んだ男の知人で、葬式に出席していて〝見た〟って言ってたくちだよ」

その男のことは一度聞いたことがあった。圭子の知り合いの知り合いだ、と……。

「本当に？」

木崎なら研究所でときどき顔を合わせている。

「ついでがあったら聞いてごらんよ」

「圭子には確かめにくいよな」

「そりゃ夫婦の問題だ」

約束の時間は過ぎていた。最後に、

「今度のイタリア・オペラ、すごいんだろ」

「滅多に見れない」

「抽選会までやるのか。どこで?」

「帝国ホテルで。広報センターでも設けるんじゃないのか」

「ふーん、今日はどうも」

「あ、失敬する。今度ゆっくり会おう。奥方によろしく」

「失礼します」

「さようなら」

思いもよらない情報を手に入れてしまった。

――圭子は〝もう一人の自分を作る〟練習をしてる、って言っていたし――

その練習はいつからやっているのか。練習はみごとに功を奏して恋しい人の葬儀にまで赴いたのではないのか。

そして……〈カルメン〉は圭子の大好きなオペラだ。イタリア国立オペラのチラシはリビングルームの隅に置いてあって、すぐに消えてしまった。彼女の部屋にはあるだろう。

――古橋は圭子と二人で観劇するつもりじゃないのか――

二人の仲は、みごとと言ってよいほどさりげないが、そうであればこそかえって怪しい。結婚したときからずーっと私のどこかに蠢いている疑念であった。

——これを明かす秘密が圭子の部屋に散っているのではあるまいか——

こっそりと圭子の留守を狙って知らない部屋を瞥見したが、イタリア・オペラのチラシ以外めぼしいものは見つからない。圭子が入浴しているときに、いつも持ち歩いている手帳を見ると〈カルメン〉上演の夜に印がついている。

——まだチケットは手に入っていないんじゃないのか——

日ならずして三つの予定が私の頭の中で決した。

一つは木崎に会うこと、圭子の昔の恋人の葬儀に参列していた男だ。そこで圭子を見たらしい。なにか事情を知っているだろう。研究所に電話を入れ、来週の土曜日の四時に会うことを約束した。

そのあとで、

——あ、そうか——

その日は古橋が帝国ホテルの抽選会へ赴くはずではないか。

——そこへも寄ってやれ——

そっと様子を探ってみよう。これが第二の予定だ。

三つめは有栖川の図書館へ行って〈ミステリーと精神の病い〉を見ること。以前に読んだことがある……。

図書館のカウンターで少し待たされたが、

——これだ、これだ——

部厚い本だが、ここに夢遊病のことが書いてある。ほんの二ページ足らずだが離魂病にも触れている。この病気を持つ者は、自分とそっくりの人を見つけ出すとその人に近づき、暗示をかけてもう一人の自分を作り出す。海外の事例がいくつか記されていた。

——これかな——

もし圭子が恋しい人の葬儀に現われたとすれば。

年月の隔りがあるけれど、

——圭子にそっくりの女がいたのは本当だった——

私が青山のコーヒー・ショップで実際に見たことではないか。

とはいえ本を閉じても私の心にわだかまる謎は少しも解けていなかった。

よくわからないことが多過ぎる。一気に解決をえようとしたが、あいにく金曜日の夜から体調を著しくこわしてしまった。めまいがひどい。

もともと私はめまい持ちで、三年に一度くらい強い発作に襲われる。立つに立てない。持病のようなものだから医師から緊急の対処薬だけは処方してもらっている。が、二、三日は安静が肝要だ。

——なんでこんな日に——

木崎には電話を入れ、約束をキャンセルしてもらった。圭子は看病に努めてくれた。そして今日あらためて木崎に電話を入れてみた。過日の失礼を詫び、あらためて面会を申し込むつもりだったが、電話の向こうからは、

「なんなの？　このあいだ話した以上、なにもありませんよ。ただの噂話でしょ。確かに圭子さんみたいな人、来たけど。人ちがいでしょ。あなた、真剣な顔で頷いてたじゃない」

「えっ、私が」

「そう。なんだか……どうしたの」

「私、お会いしたんですよ、ねえ」

〝お会いしたんですか〟と聞きたかった。

「短い時間ですみませんでした」

「あ、どうも」

向こうは忙しそうだ。あたふたと電話を切った。

——私は研究所へ行ったらしい、木崎を訪ねて——

思いあぐねて圭子に尋ねた。

「俺、先週の土曜日、ずーっと寝てたよな」

「先週の土曜日？　あ、めまいがひどかったじゃない」

「ずっと寝てたよな、部屋で」

と念を押す。

「そうでしょ。あなたの部屋の中のこと、私、わからないけど」

「そうだよな」

つじつまの合うこと、合わないこと、私の謎は解決したのだろうか。圭子は〈カルメン〉を見に行くらしい。

「だれと」

「え、お友だちと。あなたの知らない人よ」

「うん」

花の命

その女の名前は〝彩さん〟という。彩りのように美しい女だ。

でも私はこの名前を呼んだことがない。いや、一度だけある。年齢がちがうし、いくら親しく感じても、とても呼べない。知識も思案も、友人とは異なる。それにしても、

――彩さんはいくつだったのか――

二十歳以上年上かもしれないし、十歳くらいの差にも感じられる。それどころか、まるで同い年のように親しいことさえあった。美しいから容姿の衰えも見えにくかったし、もともと年齢の計り知れない不思議な人だった。

初めて会ったのは私が高校一年生のとき。勝林寺の方丈さんから、

「ちょっとアルバイトに行ってあげてくれないかな」

と紹介されたのだった。

女の一人暮らしで力仕事など手に負えないことがある。それを月に一度くらい訪ねて来て、やってくれる人がほしい、と、そんな話だった。

方丈さんと私は……そもそもは私が幼いころお寺の幼稚園に通った縁だったが、多少なりとも知った人になったのは、囲碁である。

私は囲碁が大好きだ。小学生のころ祖父に教えられ、興味を覚え、めきめき腕をあげた。

「敏雄、お前はセンスがあるな」

たちまち祖父より強くなってしまった。

中学二年のとき、大通り裏の碁会所で、たまたま大会をやっていて、

——俺、どのくらい打てるのかな——

確か五百円くらいの当日参加費を支払って見ず知らずの大人と戦った。

「一級くらいです」

と自己申告して、

「あ、そう」

ハンディキャップをつけ、いろいろな人と対戦するシステムだったが、一番勝ち、二番勝ち、三番目に勝つと、

「一級じゃないね」

と、四番目の相手は滅法強かった。とても子どもが太刀打ちできる相手ではなかった。

しかし五番目にも勝って、準優勝、賞品にパーカーの万年筆をもらい、これは今でも

使っている戦利品だ。まったくの話、

——プロになれたらいいな——

もっぱら本を読んで学んだのだが、学校の勉強よりも、ほかの遊びよりも、これに熱中して、いっときは家の居間のカーテンの、格子模様までもが碁盤に見えるほどだった。

「あんまり好きにならないで」

と母は危惧を覚えたらしいが、

「うん」

なま返事を告げていた。

——囲碁は深い——

心からそう思う。あらゆるゲームの中で、これほど深いものがほかにあるだろうか。ただの遊びではなく、大げさだが奥に哲学が潜んでいる。美学がある。人生を反映している。礼儀作法まで加わって人格の陶冶(とうや)に役立つ。

勝林寺の方丈さんは、私が準優勝した囲碁会の役員かなにかを務めていて、

「強いね」

「はい」

「一級はひどい。三段はあるじゃろう」

「でも大学生なんか、ものすごく強いですから」

「うん。学生さんは強いな。お寺に遊びにいらっしゃい」

誘われて何度か訪ねた。方丈さんは四段だったが、勝負は互角、すぐに私のほうが多く勝つようになった。

母には、

「習字を習いに行く」

と言い、事実、方丈さんには墨書も見てもらった。これも嫌いではない。墨をすり、白い紙に全体のデザインを考えて一気に筆をふるう。方丈さんが朱を入れてくれる。

「いい字を書くね」

「そうですか」

少しうれしかったが、囲碁ほど自信はない。

そして二年ほどがたち……方丈さんが体をこわし、こちらも忙しくもなり、碁も習字も、訪問そのものもなくなってしまったが、急に連絡があって彩さんのところへのアルバイトを紹介されたのだった。

地図と住所を渡され、吉祥寺（きちじょうじ）の、まだ武蔵野の気配が残っている一帯の古いマンションの二階だった。

インターフォンのボタンを押すと、

「はい、どなた」

涼しい声が聞こえた。

「勝林寺の方丈さんに言われまして……。木村です」

「あ、ご苦労さま」

ドアが開くと、白い笑顔……。和服だった。青い絣に桃色の花びらのような点が散って、とてもモダンな感じ。少年には着物のよしあしはまったくわからなかったけれど、とにかく上品で、すてきに映った。

「おあがりになって」

「はい」

玄関からの短い廊下。垂れ幕のような薄いカーテンを抜けると、広いリビング・キッチンと言えばよいのだろうか、右手にキッチンがあり、洋風の設えに大小二つのテーブルが並んでいた。

大きいテーブルには緑のクロスをかけ、その上に和紙の束、硯箱と筆が一本だけ筆置きに横たえてあり、習字の稽古なのか、それが仕事なのか、今、まさになにかを綴ろうとしているところのように見えた。

小さいテーブルは食卓なのだろう。土瓶と茶筒、お盆の上に伏せた茶わんが三つ、四つ、もう一つにお茶が注いであった。

「ちらかっていて」

と、小さいテーブルの上をかたづけ、椅子を勧める。

勧められるまま私が坐ると、

「本当に、わざわざすみません。方丈さん、ちゃんとお聞きになっていらしたのね、私の言ったこと」

と笑う。なにかの拍子に「アルバイトの学生さん、いないかしら」くらいのことを呟いたにちがいない。

「お茶、お飲みになるわね？　それともコーヒーかしら」

と背後の食器棚に視線を送る。総じて和洋折衷と言えばよいのか、部屋の中が小ぎれいに整っていた。

「あ、お茶、いただきます」

アルバイトに来てサービスを受けてよいのだろうか、戸惑いながら答えた。

仕事そのものは、むつかしくはないが、厄介だった。キッチンと隣の畳の部屋の、蛍光灯が切れている。まず天井の乳白色のボックスに隠れている蛍光灯を取り出さなければいけない。踏み台を出してもらい、まずキッチンのほうから……。

「気をつけてね。私が支えてますから」

「すみません」

手は充分に届いたが、ボックスがどういう仕かけで取りつけられているのか、すぐにはわからない。女主人も知らないらしい。

——なんだ——

ボックスごとただ強く引き下ろすと、バネつきの針金で吊るされているとわかった。和室のほうは、またべつな細工で、四角いボックスが留め金で六カ所、天井の枠に取りつけられている。

「すみません。これ、支えておいてください」

二人がかりでないと、むつかしい。なんの支えもなく留め金を次々に弛めたら、ボックスがストンと下に落ちてしまう。

蛍光灯を抜き取り、二本並べて、

「スペアー、ありますか」

多分ないだろう。

「電器屋さんに行って……買って来てくださる？」

「はい。ほかにお仕事は？」

「ええ。こっちも大変」

言いながら、あちこちから段ボール箱を四つ引き出して来た。中は缶詰だの、瓶詰だの、多分、戴き物が古くなり、捨てるよりほかにないのだろう。

「中身を出して捨てないと、いけないから」

「わかりました」

「厄介だけど」

これはキッチンの洗い場で缶を開けたり、瓶の中身を出して洗ったり、ごみ袋を用意してもらった。

それから……キッチンの下の戸棚の蝶(ちょう)つがいがおかしくなっている。ねじを廻(まわ)す適当なドライバーがない。

外出して蛍光灯やらドライバーやらを買い求め、すべてを終えるまで三時間ほどかかってしまった。

「助かるわ、本当に」

共同作業もあって仕事を終えるころには少し親しくなっていた。勝林寺の方丈さんとは、

――どういう知り合いなのかな――

と案じたが、これは、

「お習字を習ったの」

と、後でわかったが、正しくはお寺で生徒を集めて彼女が教える側であった、ということらしい。

住まいは、３ＬＤＫ。玄関に入ったときから気づいていたことだが、あちこちにみご

となな花が飾ってある。色鮮やかに、すっきりとした姿で……。

女主人はコーヒーをいれて私の仕事が終わるのを待っていた。

「ちょうど、あったから」

と、バウムクーヘンを小皿にのせてさし出す。

「字をお書きになるんですか」

大きなテーブルに眼を向けて尋ねた。

「ええ。悪戯書き」

立ってパラパラと和紙の束をめくる。和歌のようなものが書いてある。

〝いちはつの花咲きいでて我目には今年ばかりの春ゆかんとす〟

美しく書かれて、よくはわからないが、とても悪戯書きのレベルではないみたい……。

――書家なのかな――

と見つめていると、

「子規よ。正岡子規。知っているわね」

「はい。名前くらい」

「生きていちはつの花を見ながら自分の死を考えているのね。日本の詩歌には多いわ。死を思いながら、生きることを歌っているタイプ」

「はい。いちはつ、なんですか。花ですか」

「ええ。あやめの仲間、わかるわね。しょうぶに似てるわ」

「はい」

花を知らないのが恥ずかしい。そういえば、

──この家、どの花もすごくきれい──

窓辺の花をことさらに見つめて、

「りっぱな花ですね。薔薇(ばら)の花」

高校生でもこれくらいはわかる。

──高いだろうな──

この知識もたまたま持っていた。整然と咲いた二輪の、気高い花……。

「きれい？」

「はい」

「わかったでしょ？」

声が親(ちか)しい。

首を振った。なにもわからない。

女主人は立って、薔薇の茎をスイと花瓶から抜いてさし出す。

「はい？」

それでもすぐにはわからなかった。女主人は白い指で花弁に触れ、

「ほら」

「えっ」

生きた花ではなかった。よく見て、触って……ようやく葉も茎も、みんな紙の細工とわかった。

「すごいですね」

見ただけでは……少年の眼では、とても見抜けない。あえて言えば、あまりのみごとさに、かえって、

――こんなきれいな花、ないよな――

傷もなければ萎れもない。花びらにも葉にも茎にも……。

「これが本職だったの」

「そうなんですか」

立って、きれいに色紙を貼った衣裳箱を持って来て、開く。

たくさんの色紙が……さまざまな形に切られて、切り屑になって納められている。もちろん切られていない紙もある。

「本物そっくりに造るときもあるし、わざとヘンテコな花や色変わりを造ることもあるのよ」

「すごいですねえ」

同じ言葉で感心するよりほかにない。言われてみれば、トイレットには黒い薔薇があったような気がする。

――書を書いたり、花を造ったり、ユニークな女なんだ――

親しみやすいが、なんだかよくわからないところもある。

すでにコーヒーを飲み干していた。

「月に一度くらい、来てくださいな。男の人にやってほしいことがありますから。いい？」

「はい」

〝薄謝〟としたためた封筒を渡され、この日の仕事は終わった。薄謝にしては少し多い。

〝彩さん〟という名を知ったのは、このあと、方丈さんに報告をしたときだったろう。

こうして、ときたま彩さんのマンションへ行くようになった。行くときは、いつも心と足が弾んだ。

彩さんはおもしろい女だ。不思議な女だ。

――こんな人、いないな――

言うことがユニークだ。自分の言葉を持っている。少しずつわかった。

――書道をやっているからかもしれない――

書道ではなにかしら言葉を書く。〝春夏秋冬〟とか〝日々是好日(にちにちこれこうじつ)〟とか。ユニークな人はきっとユニークな言葉を探すだろう。よい言葉を筆に託すだろう。

彩さんは、

「それがわかるのは、あなただからよ」

と言う。そう言われればうれしい。私には少し古風な好みがある。

「そうかなあ」

「方丈さんが言ってらしたわよ。敏雄君は真面目で、賢い。よく考えているって」

「本当に？」

方丈さんに人柄を見られているとは思いもよらなかった。

「小さい頃テレビを見てて、なんか侍の登場する歴史ドラマなのかしら。何人かが死んで、残された家臣たちがみんなで泣いていると……」

「はい？」

「〝でもこの泣いてる人たちも、みんな死んだんだよね〟。そう言ったんですって」

「覚えてません」

「忠臣蔵かしら。お殿様が切腹して、みんな泣いてるけど、そのあと、みんな死んで……」

「はい……」

「すてきね。まだ子どもなのに……」

「そうかなあ」

「碁をやるんでしょ」

「はい」

「碁って、生きるか死ぬか、それを考えて打つゲームなんでしょ」

「えっ。まあ、そうですけど」

「そこがすてきね」

彩さんが「すてき」と言った意味が私にはわからなかった。

あるとき彩さんは、多分、自分が書いた書なのだろう、新聞紙大の和紙に黒々と、

〝白露も夢もこの世もまぼろしも　たとへていへばひさしかりけり〟

二行にしたためてあるのを見せてくれた。

「なんか、いいですね」

どう褒めていいか、わからない。流れるように静かに舞っていて……素人の腕ではあるまい。

「和泉式部（いずみしきぶ）よ。知ってるわね」

「はい」

名前だけなら、知っている。

「本当は、男の人に贈った歌なの。ちょっとだけ会った男の人に……」

「はい？」

「その逢瀬（おうせ）がものすごく短く感じられて、それで、それに比べれば白露も、夢もうつつもまぼろしも、みんな長いですわって、短いデートを恨んでるのね。また会いたいって。わかるわよね」

私は高校二年生だったろうか。もちろん、

「わかります」

「でも私は男の人と関係なく、ここに書かれている通りに読んで、白露も、夢もうつつもまぼろしも、考えようによってはみんな長いじゃないですかって、勝手に解釈しているの」

「はい」

「この世のことは、みんな短いと言えば短いけれど、実はみんな長い。短いものだって、しっかり味わえば、みんな長いのね。わかる？」

「わかります」

とりあえずわかったような気がしたのは本当だった。彩さんの考えはもっと深かったろう。

書と言えば、べつな機会に、和室の床の間に四角い額が飾ってあり、そこには〝一期（いちご）

一會〟と太い四文字が書かれていた。私がじっと見つめていると、

「古い漢字ね、會は。だれかに会う、その〝会〟よ」

「はい」

見当はついていた。

「わかる？　意味」

「わかりません」

「一期は人の一生のことよ。一會はたった一回だけ会うこと」

「一生に一回だけ会うんですね」

「そう。もともとは茶道の言葉らしいのね。利休の、千利休のお弟子さんに山上宗二という人がいて、その人が書いていた利休の言葉なのね。お茶席で主人と客が出会うのは一生に一度のこと……。実際はその後も何度も会うでしょうけど、そう考えず、これが一生に一度のチャンス、そうであれば心を尽して最善を心がけなければいけない、そういうこと」

と笑う。こんな説明をするときの彩さんはいつもとてもうれしそうだった。

これはわかった。チャンスは一回こっきりと考えるほうがいいし、人間関係も、大切なときには〝一生に今だけ〟と思うほうが凛々しい。恰好がいい。とことん精いっぱい頑張る。実際にそうできるかどうかはともかく……。

彩さんには高校一年のときから三年にかけて都合二十回くらい会ったけれど……いつもなにかしら雑用があって、それを果たすために訪ねたのだが、それだけではなかったのかもしれない。

——じゃあ、なんのため——

答えるのがむつかしい。

彩さんのほうから言えば、雑用を頼むため。確かに男手でなければ処理できない雑用が三つ四つあるのは本当だったけれど、少しは気晴らしのようなものがあったのかもしれない。私は、もちろんアルバイトの一環。労働のわりには収入が恵まれていたし、無料でもよいくらい楽しかった。もっと頻繁に訪ねたかったけれど、むこうから声をかけられない以上、私が勝手に行くわけにはいかない。

「あなたも忙しいわね。受験をするんでしょ」

「はい、まあ」

プロの囲碁棋士なんて、とうにあきらめていた。半端な腕前で希望できるものではない。平凡な高校生として歩む道を……英語を学んで、

——翻訳家なんて、いいな——

漠然と考えていた。彩さんは受験生に配慮をしてくれたのかもしれない。

が、こんな俗世の事情とはべつに彩さんに出会ったのは、宿命的なもの……目茶苦茶大げさに言えば、神様が……神のような存在が、この世の真理を、ささやかながらほのめかすため、だったのかもしれない。彩さんはそれを伝え、私はそれを聞き、それを実感するため、だったのかもしれない。この世界では時折そんなことがあちこちでポッリポッリと起きているのかもしれない。

彩さんは不思議な人だった。本当に、本当に不思議な人だった。私は高校生だったから世間にどんな女の人がいるのか、知識は限られていたから、どれだけ不思議なのか、正しくわかることができなかったし、今ではさらにわからないし、永遠にわからないような気もするが、稀有(けう)の女(ひと)であったことは疑いない。

美しさも趣味のよさも飛び抜けていたけれど、それとはちがう特質を持っていた。人間として、どこか普通ではなかった。

——この人は命が薄い——

そう思ったのは、いつだったのか。なぜだったのか。それさえも私は思い出せない。突然〝命が薄い〟という言葉が私の脳裏に浮かんだのだが、それが私の理性とは思いにくいのだ。彩さんからの暗示を、それとはわからない暗示を受けて私が急に思い浮かべた、そんな気がしてならない。

——この世の人ではないのかもしれない——

これはあまりにも馬鹿馬鹿しいけれど、少しはそんな判断さえ抱いてしまうのだ。

大学生になって、久しぶりに呼ばれて、会った。あい変わらず和室の床の間には〝一期一會〟の額がかかっている。隅にある〝哲〟というサインが気がかりだった。

背後に彩さんが近づくのを感じ、

「だれが書いたんですか」

聞きそびれていたことを尋ねた。二人で顔を見合わせ、彩さんは含み笑いを浮かべながら、

「男の人」

と言う。

——それはわかっているのです——

文字の力強さからも〝哲〟という漢字の示すサインからも……。彩さんは当たり前のことを答えたあと「さあ、次はどう尋ねるの？」とばかりに待っている。どう尋ねてよいかわからないまま、

「フィアンセ？」

と、不適切を承知で尋ねた。うまい言い方が思いつかない。彩さんは笑いを大きく弾ませて、

「そんな感じの人ね。すぐに死んじゃったけど」

充分に親しい人であったけれど、死別してしまった、と匂わせた。

「そうなんですか」

表情だけを歪めた。彩さんは笑いをなくして、

「本当に〝一期一會〟だったの。短い一生のあいだに短く出会って」

「残念でしたね」

「ううん。会ったときから命の短いことはわかっていたわ。でも彼は不思議な人で〝死は文化だ〟って……」

「えっ。死ぬことが文化、そういうことですか」

「そう。私たちはすべての営みにおいて死を考えながら生きているのだって。文学なんかわかりやすいわね。自分の死、相手の死、人間の死、それを考えながら思いを深くしているのね」

「はい……」

半分くらいはわかった。

「だれかの死を泣いてる人も、みんな死ぬ人なの。あなたが言ったように」

「あれは、そんな深いことじゃなく……」

彩さんは首を振った。

「死を承知しながら精いっぱい生きるのね、私たちは」

　くるりと体を廻し、

「コーヒー、飲みましょ」

「はい……」

「気がつかなかった？」

　と、リビングルームに飾られた花を見つめながら言う。

「なんですか」

「花」

「きれいですね」

　百合（ゆり）がみごとに白い花弁を垂れている。

「触って」

　触るまでもなく、近づいてわかった。それでもなお花びらと葉と茎に触れた。造られた花ではなく、生きた花……生花だった。

「あ、そうなんですか」

「みんな？」

　今日も家中にたくさんの花が飾られている。

「そう。造った花と、生きた花とを並べて見て、本当のところ造った花のほうが整っているわ。虫食いもないし、萎れたところもないし。でも両方を見ていると、明日死ぬ花のほうが凛々しくて、哀れで、趣きが深いの。〝一期一會〟ね。それがしみじみわかったわ。理屈っぽいかしら」

「いえ」

今度もすぐにはわからなかった。

——それを〝哲〟さんから教えられたのだろうか——

そうかもしれない。

「さ、コーヒーが冷めないうちに」

「はーい」

この日の会話はこのあたりで終わった。別れたあと彩さんの言葉は、

——深いぞ——

何度も私なりに反芻して考えた。そして、そのまま彩さんとは会うこともなく何年かが過ぎた。

大学へ入って間もなく胆嚢炎が悪化して剔出の手術を受けた。以前からときどき腹部に激痛があり、

「若いうちに処理しておいたほうがよいでしょう」

と言われていたのである。

入院三日目、手術後の鎮痛薬のせいか、うつらうつらとまどろんでいた。

四人部屋……。しかしほかのベッドはなぜか空いていた。時刻は八時を過ぎていただろう。窓の外は暗く、病棟は静まりかえっていた。

ドアが静かに開き、

――看護婦さんかな――

ぼんやりしたまま眼を開くと、

「えっ」

「大変だったわね」

彩さんがベッドの、足もとに立っている。

「どうして？」

「たまたまここへ来て、あなたが手術を受けて寝ているって聞いたのよ」

「へえー」

「痛むの？」

「少しだけ」

「胆石でしょ？」

「胆嚢炎って、言われました」

「そう。外科はすぐによくなるわ。若いし」

「はい」

それからなにを話したか、私は闊達(かったつ)に話ができる情況ではなかったし、彩さんもそれを拒んだ。ただ私が、

「手術室で麻酔を受け、あのまま死んだら楽だろうな、死ぬことなんか少しも考えないまま」

と呟き、すると彩さんが、

「そうね。楽でしょうけど、生きるってことは死を考えることなのよ。いろいろ考えて、めいっぱい生きて、やがて死がやってくる。それが人間の文化だって、フフフ、私、言ったでしょ」

まるでガール・フレンドのように彩さんは無邪気に言う。

「はい……」

「人間だけが死を考えて思案を深くしてきたの。〝白露も夢もこの世もまぼろしもたとへていへばひさしかりけり〟ね。若いのにポカンと死んだりしてはいけないわ。死をしっかりと考えて、生きて」

病床ではむつかしい理屈だったかもしれない。とりあえず、

「大丈夫です」

と答えると、

「また会いましょうね」

と、彩さんは白く、おぼろに立ち去って行った。

私は大学でアメリカ文学を学び、教科書会社に就職して、

──翻訳者になりたいな──

アフター・ファイブにその方面の講座に顔を出したりしていた。囲碁のほうは、プロの棋士なんて、とても無理。しかし適当なチャンスがあれば碁を打ち、「強いね」と言われ、棋道への愛着は抱き続けていた。

すると……ショッキングなニュースが届く。数年前から言われていたことだが、いよいよひどい。コンピュータが、AIが、人工知能が、名人上手を打ち敗(ま)かす、そんなケースがしばしば伝えられるようになったのだ。

──そんな馬鹿な──

と思いたくとも、論より証拠、第一線で活躍している超一流のプロ棋士が敗け、次第に敗けが込んでいく。巷間(こうかん)では、

「三年後には、はっきりと勝負がつくね」

もっぱら囁(ささや)かれている。名だたる棋士たちもそれを言い、あるいはなにも意見を述べずにいる。尻尾を巻いている……。

「べつものでしょ」

つまり人間同士が争う囲碁と、ＡＩの打つ囲碁はべつなものなのだと……。どうべつなのかはわからないが、

「ＡＩとの勝負なんか、しないほうがいいんだよ」

未来はこの方角へと向かっている。

――それが現実なんだ――

機械と人間が駆けっこをしたって結果は見えている。敗けたって、だれも怪しまない。

――同じことだろ――

と呟いてみても、なんだか釈然としない。

余人はいざ知らず、私は……幼いときから囲碁を敬愛しこの道の名人上手を、その頭脳を、神のごとく信じてきた私は、思いのほか辛かった。

たまたま休日の夜に叔父と酒を酌み交わし、この話題をうっかり漏らしてしまうと、

「当然だろ」

叔父は愉快そうに笑う。

私の両親は早くに離婚し、私は母ひとり子ひとりの家庭、父からの養育費を受けて育った。叔父は父に代わって、成長する私に、示唆を与えてくれた。叔父は歯科医師であり、大学病院に勤めており、あれこれと趣味が広い。見識も豊かで、いつもよい教えを

垂れてくれた。

「しかし、なんだかつまらない。人間が機械に敗けるなんて」

「囲碁ってのは、陣地をたくさん取ったほうが勝ち、そういうゲームだろ」

叔父も囲碁のルールくらいは充分に知っているはずだ。

「まあ、そうですけど」

「ゲームとしては複雑だけど、そこんとこは単純なんだよ。領土を広く取ったのが勝ちって、目的がはっきりしてればコンピュータは強い。過去のデータをとことん集めて最善の道を見つける。まちがわないし、疲れない。名人の閃き（ひらめ）だって、たまには過去にないものを提示するだろうけど、次にはそれがＡＩにうまく使われてしまう。とても勝てない、人間は」

「そうなんでしょうけど。ウサイン・ボルトがいるのに、日本国内でだれが百メートルを一番速く走るか、なんて……なさけない。あれと同じで……」

叔父は手を振り、

「問題はむしろ目的のはっきりしないもののほうだ。どれがいいか、一番が決められない分野だ」

「なんですか」

「まず敏雄の好きな文学だろ。俳句がわかりやすいかな。五・七・五で、すべて作ってみろってコンピュータに命ずる。アイウエオ順で……。最初は、〝アアアアア、アアアアアア、アアアアア〟だ。少しずつ変えてって、定型外はおくとして、すべてを簡単にデータ化しちゃうさ、コンピュータは。次にそこから日本語として意味の通るものだけを選ばせる。これも教えればコンピュータはやるさ。その中には〝古池や蛙飛びこむ水のおと〟もあるし、〝毎年よ彼岸の入りに寒いのは〟なんて、つまらんのも入っている。しかし、ここから先、どれがトップ・グループか、これを選び出すのはＡＩは今のところ、むつかしいんじゃないのかな。これも過去の集積から、なにがよしとされるか、遠からずやるかもしれない」

「やれませんね」

「いや、やれるだろ。十年くらい先には」

「厭だなあ」

「俳句がこんな具合だから、小説はもっとむつかしいか」

「当然でしょ」

胸を撫でおろす。叔父も頬笑んで、

「翻訳をやりたいんだって」

と話を換えた。

「ええ。アメリカ文学なんか」

「しかし、どうかな。日本語を英語に訳し換えたり、英語を日本語に訳し換えたり、AIがすぐにやってくれるぞ」

「告知文ならやれるでしょうけど文学は、やっぱりむつかしいでしょう、味がないと」

「そこそこの味くらい、AIもつけられるようになる」

私は身を乗り出し、

「おもしろい話、聞いたんです」

「なんだ」

「ジャン・コクトーに〈声〉っていう劇があって、一人芝居なんですけど……」

「ほう」

叔父ならこんな話も傾聴してくれるだろう。

「舞台は机の上に電話が一つ。ベルが鳴って女優が登場して受話器を取って話しだすんです」

「なるほど」

「このヒロインには若い恋人がいて、その男はもう別れたがっているけど女は未練タラタラ。ジゴロって言うんですか」

「ああ、フランスなんかにはよくあるらしいな。年取った女が若い男を恋人にしている。金を与えてるんだろ」

「多分。そんな二人の事情が電話の会話から……会話っていっても舞台では女優が電話に語りかけ、男のほうは気配だけ……」

「眼に浮かぶな」

「ええ。長い話のうちに男は話すのも厭になり、電話を切ろうとする。すると、女は必死になって話しかけ、最後は〝ジュ・テーム〟〝ジュ・テーム〟〝ジュ・テーム〟って三度叫ぶんです。結局電話は切れて幕が下りるけど……。〝アイ・ラブ・ユー〟ですよね。〝ジュ・テーム〟は」

「眼に浮かぶな」

と繰り返す。

「この最後をどう訳すか」

「なるほど。むつかしい。〝愛してるわ〟〝愛してるわ〟〝愛してるわ〟では駄目か」

「駄目でしょう。芝居のせりふになっていない。岸田國士（きしだくにお）という文学者が、これは〝あなた〟〝あなた〟〝あなた〟だって。名訳と言われてます。翻訳はその場にふさわしい日本語でなくちゃ。ＡＩにはできないでしょう」

「どうかな。〝ジュ・テーム〟の訳が〝あなた〟ってのは翻訳マシンとしてはペケだろうけどな」

「そこですよ。ＡＩがいくら発達したって人間は頑張ります」

「しかし、次々に敗けるぞ。歯科医学の世界なんか顕著だよ。三十二本の歯がどうはえて、どう蝕まれ、どんな病態があり、どう治療するとよいか、データが全部集められて、対処法がわかる。ＡＩさまさまだ。敗北を認めて、どうつきあっていくか、そういうことじゃないのかな」

唇を噛んだ。

――叔父の言うことが多分、正しいのだろう――

しかし、なにかべつな答があるのではなかろうか。

彩さんに会いたくなった。

会社からの帰途、帰り道を変えて彩さんの住む家を目ざした。

ところが目当てのマンションがない。大がかりな建設工事が始まっていて、一帯が青いシートで囲まれ、高いクレーンが二台も腕を伸ばし、ワイヤーロープを垂らしている。

――ここには、いないんだ――

引越しの連絡は受けていない。指折り数えてみれば、ここに来るのは十年ぶり、いや、もっと長い年月が流れている。

仕方なしに踵を返し、時折訪ねる酒場に立ち寄り、いつもより多く飲んで家路についた。

微酔のままベッドに入った。すると、いくばくかの後、ドアが開き、白い姿が滑り込んで来て、彩さんが立っていた。

「人工知能はすごいわね」

「はい。もう人間は敗けそう」

と冗談めかして告げた。

「敗けないわ」

言葉は優しいが厳然と響く。

「そう？」

「ＡＩなんかに敗けないものを持っているから」

「なんですか」

「わからない？」

「わかりません。教えて」

「人間だけが死を考えて思案を深くしてきたのよ。ＡＩは死ねない。死を考えることができないわ。リセットをすれば、いくらでも生きられるの」

眼から鱗(うろこ)が落ちる。

「そうなんだ」

「そうよ。花だって、いつまでも咲き続けているのは、つまらない。散る花が美しいの」

「それは……わかります」

「人間も同じ。人間は死ぬから深いの。そこにはＡＩは入り込めやしないわ」

「そうなんだ」

「〝花は散るために咲く〟。わかります？」

「はい……」

「いい言葉でしょ。散ることが尊いの。散るからこそ咲いているときがすばらしいの」

「〝花は散るために咲く〟ですか」

「そう」

白い姿が消え、ベッドの上の暗い天井が映った。

――夢か――

しかし夢というものは自分の記憶の中から生まれてくるものだろう。記憶にないことが、夢に現われるなんて、ありうるのだろうか。

私は、もちろん、ことわざ、格言、それに似た言葉をたくさん知っている。〝犬も歩けば棒に当たる〟〝悪貨は良貨を駆逐する〟〝これだけの国民にこれだけの政治家〟などと。忘れているもの、記憶の曖昧なもの、まちがって覚えているもの、いろいろあるけれど、みんな私の脳味噌（のうみそ）が一度は関わった知識だ。

——しかし〝花は散るために咲く〟は私の頭にあっただろうか——

似た言いまわしだって私は思いつかない。夢の中で彩さんに言われたこと……ではあるけれど、それは私の夢なのだ。私の夢の中に私の知らない言葉が現われるなんて、

——これは、なんなんだ——

私の過去に点在する彩さんとの出会いの中で、彩さんが、この言葉を……これに似た言葉を呟いたことがあっただろうか。

どう思い返しても、それは、ない。

私が急に発見したのだ、このうまい文言を。あえて言えば、

——彩さんが、きっとこれを言うだろうなと思案して……創った——

そうとしか考えられない。

散るからこそ花は美しいのだ。死ぬからこそ人間の思案は深いのだ。それはＡＩがなかなか入り込めない領域ではあるまいか。

それにしても彩さんとの出会いは、なんだったのか。この世の外の出来事のような気さえする。

——彩さんは死んだのではあるまいか——

あるいは、さらに考えて、

——本当に生きていたのか——

ある時期までは生きて、うつつの人だったが、どこからか幻と化していたのではあるまいか。私になにか深遠な真理を説くために存在したあやかしではあるまいか。私は〝花は散るために咲く〟と、これをひしひしと自分の脳裏に刻み込んだ。思いを込め夜の静寂（しじま）に向かって「彩さん」と声に出して呼んでみた。

すると……一昼夜をおいて差出人のない封筒が私のもとに届いて、中から芳しい花の匂い……そして、それを追うように黒々と見覚えのある墨字で、

〝花は　散るために　咲く〟

三行にしたためてある。

解　説

下重暁子

一昨日、外出からもどってマンション三階の我が家のドアを開けようとして、立ち止まった。え？　ここはどこ？

確かに同じエレベーターに地階から乗って三階で降りるまで、異変はなかった。マンションの入口は、表と裏の二ヶ所あり、その日は裏側から入った。地階は駐車場になっているから風景はいつもと同じ。何の疑いもなくエレベーターへ。

そして降りた目の前に、ドアがあった。

ところが、そのドアに様々な泥人形のようなものが張りつけられている。猿や怪鳥、雪だるまらしいものから、人形（ひとがた）をしたものまで……。立ち止まって表札を見た。金属製のはめこみ型の横長のものに部屋番号と名前があるはずなのに、えぐり取られたまま、醜い跡をさらしている。

いったい誰のいたずらか、胸騒ぎがした。そこでハタと気付いた。私の住むマンションは、ＡＢＣと棟ごとに分かれ、入口もＡ１とＡ２の二ヶ所あり全く同じ作りになっている。入口も内部もそっくりなのだ。

金属製のドアは共有部分だから、勝手に飾りつけをしたり表札をいじったり出来ないはずだが、クリスマスや正月は例外としても、ごく普通の日に泥人形やえぐられた表札とは？　ドアを開けてみたい心を抑えて、私はエレベーターを一階まで降りた。一階の壁にかかったタピストリーが違う。外へ出て見ると、完全に間違えていた。A1棟とA2棟の入口を。一階入口には夕焼けが闇に変わるなじみのタピストリー。三階までエレベーターで登ると正面に我が家があった。

つれあいに報告すると、やはり同じ経験をして、間違ってドアを開いて一歩踏み込むまで気がつかなかったという。

世の中にはごく当たり前の暮らしの中に、不思議なものや空間が息づいている。

阿刀田高氏の短編集『怪しくて妖しくて』と出会った時は怖ろしいというより、懐かしさを憶(おぼ)えた。人間の想像力が生んだ妄想だろうが、確かにその瞬間存在する、あるいは存在したといってもいい。

見えないはずのものが見え、聞こえないはずのものが聞こえる。私にとって何より大切な瞬間だ。例えばあの世への入口、その道をさし示してくれる道標、阿刀田高氏の作品は、結論が読み手にまかされている。道標に沿って行くも良し行かぬも良し。

道標のために時々小道具が使われる。それが人の髪の毛で作った鬘であり、向日葵の形をした時計であり、鏡であったりする。

鏡は、特に異界の入口、不思議の国のアリスを想い出すまでもなく、物語の入口になる。

私もある時、音楽会で不思議な体験をした。ドビュッシーの未完のオペラ「アッシャー家の崩壊」を聞きに行った時の事だ。言うまでもなくエドガー・アラン・ポーの作品に曲をつけたもので、実の兄と妹が愛し合う物語だ。休憩中にロビーに向かって階段を上っていくと、私の前に居た女性が振りむきざまこう言った。

「水村さんでしょ。ね、水村さん、久しぶりね！」

全く見ず知らずの人であり名前も全然違うので、

「違います」と呟くと、

「そんなはずはない、あなたは水村さんよ、間違いないわ」

困った。私はたまにテレビに出る事もあるので、知らない人に声をかけられる事はあるが、全く知らない水村さんと言われたのは初めてだ。それ以上かかわりたくなくて私は手洗いに寄った。ふと気付くと洗面所の、前の鏡に先刻の女性が映っている。そして私に向かって「あなたは水村さんよ」と眼が言っている。席にもどる途中、私は自分が誰なのかふっと分からなくなった。考えてみれば、私が私である証拠など、どこにあるのだろうか。

「同じ夢を見る。何度も見る。繰り返し、繰り返し、繰り返して見る。長い月日を、相当な年月を、間に挟んで見る。一年をおき、三年を隔て、五年を介在させて、同じ夢を見る」

〝怪しくて妖しくて〟の正体は夢なのだろうか。いや夢のようでいて現実なのだ。現実と夢がないまぜになった中に私達は生きている。

私は春先、毎年全く同じ夢を見る。登場人物も舞台設定も同じ、そして一度目ざめてその夢の続きを見る事が出来る。

「白い部屋」と題された作品の中では、時がいつなのかわからない。過去なのか未来なのか、時間は遠くへ飛んでいる。夢は時間を超越している。

夢に結末はない。

阿刀田高氏の作品には、大きく二つの分野がある。『プルタークの物語』など古典をもとにした長編小説と、『怪しくて妖しくて』のような短編小説。特に私が好きだったのが、『明日物語』(文藝春秋)。昭和六十二年に刊行されているから、今から三十四年前の作品である。

昨日でもなく、今日でもない。不確かな時間が待ちうける日、明日。明日は昨日や今日とちがって、なにが起こるかわからない。現実と非現実との境目を舞台に描かれた短編小説は、私をとりこにした。とりわけ好きだったのが、第二話の「ホームタウン」。都会の夜に潜んでいる怪しさが見事に描かれていた。マンションの七階の一室に吸い込まれるようにスイと姿を消した一人の男、そしてそれを追っていったもう一人の男も姿を消した。

暗い廊下に丼が三つもどしてある。

同じマンション暮らしをしている身としては、こんな事が実際に起こったとしても不思議はない。実際、最初に書いたように、間違って一昨日私が降り立った、我が家とウリ二つのマンションの部屋。表札のないあのドアを開けて中に入っていたら、何が起きていただろうか。何が起きても不思議はないし、実際に、起きていたかもしれないのだ。

私はごく最近上梓した新書で、生と死の境について改めて考えてみたが、『怪しくて妖しくて』には、その生死のはざまがさりげなく描かれている事に気付いた。

例えば「洲崎まで」では、

「生きてるのと、死んでるのと、その中間もあるのよ。年を取ると、そこが曖昧になるのね。少しずつ死んでくの。生きてるけど、半分死んでるの」というセリフを見てドキッとした。

「——生と死は、そうきっかり分かれているわけじゃないんだ——中間の状態があるのだ。それが見え隠れしたりする」

その通りだと思う。人は生きてきたようにしか死なないし、生と死は紙一重、生きている間にも死は時折見え隠れする。三十四年前の『明日物語』には描かれなかったものが、『怪しくて妖しくて』には垣間見える。それは、作家自体が若い頃とちがって年を経るごとに感じているものだろうし、ほぼ同じ世代の私としては、おおいに共感出来る部分でもある。

『明日物語』をはじめとして『怪しくて妖しくて』でも、さり気なくはめ込まれた生と死のあわいを十分に楽しみたい。

かつては、きっかりと物語の中に組み込まれていたものが、『怪しくて妖しくて』では、最後の余白に滲み出ている気がする。それを忘れずに味わうこと、それでこそ著者の円熟の度合いを感じられるのである。

仕事部屋の外が徐々に暗くなってきた。

夕方から日が暮れて夜になる間、〝逢魔が時〟、〝大禍時〟、〝黄昏時〟は同じ時間帯の事を言う。

辞書によると逢魔が時は、日の入り、暮れ六つ、酉の刻など魔物が入り込みやすい、魔物に出会いやすい時刻の事であるという。

薄暗く不吉な時間で一番事故が起こりやすいともいう。時間帯でいうと十七時から十九時。暮れ六つ、酉の刻も十八時前後。人ではないものに出会うかも知れない時〝怪しくて妖しい〟時間帯である。困ったことに、その時間帯が私は大好きである。昼と夜のさかいを踏みこえて闇になるその瞬間を見つけたいと願って、何度見張っていたかわからない。しかしふと気をそらした瞬間にいつも闇になっている。

〝怪しくて妖しいもの〟、日本文学の中にそこはかとなく巣食っているもの、それは源氏物語の物の怪にも通じるし、雨月物語を経て、泉鏡花ときて、ＩＴが現実となった今でも、阿刀田高氏の『怪しくて妖しくて』のように、これからも日本文学に生きつづける事はまちがいがない。

（しもじゅう・あきこ　作家）

本書は、二〇一八年六月、集英社より刊行されました。

初出　「小説すばる」二〇一六年十一月号〜二〇一七年十月号

ＪＡＳＲＡＣ　出２１０３２５０－１０１

阿刀田高の本

黒い回廊

阿刀田高傑作短編集

妻の浮気相手を殺した中華の料理人。罪の記憶が料理から蘇る「心の旅路」。レイプ犯を殺した少女が成長し、人妻になった時……「無邪気な女」など、恐怖をテーマに厳選した短編集。

集英社文庫

阿刀田高の本

白い魔術師

阿刀田高傑作短編集

幸福の電話に舞い上がった男、だが……「幸福通信」。父の遺言で伯爵に会う日、息子が生まれて……「サン・ジェルマン伯爵考」など、エスプリの妙味を愉しめるペダンティズム短編集。

阿刀田高の本

甘い闇

阿刀田高傑作短編集

〃藤十郎の恋〃のお梶の墓がある宿で、一夜を過ごした男の「お梶供養」。後妻を迎えた男が、恩師の家で百物語に参加する「奇談パーティ」。男と女の傑作エロス&ミステリー11編。

集英社文庫

阿刀田高の本

影まつり

生きる事の哀歓、奇妙な出来事、不可思議な恐怖……。現代日本に生きる男女の人生と日常の断面を鮮やかに切り取る12の物語。人生の深奥と極上の小説の面白さに充ちた名作集。

集英社文庫

集英社文庫

怪(あや)しくて妖(あや)しくて

2021年5月25日　第1刷

定価はカバーに表示してあります。

著　者　阿刀田(あとうだ)　高(たかし)

発行者　徳永　真

発行所　株式会社　集英社
東京都千代田区一ツ橋2-5-10　〒101-8050
電話　【編集部】03-3230-6095
【読者係】03-3230-6080
【販売部】03-3230-6393(書店専用)

印　刷　凸版印刷株式会社

製　本　凸版印刷株式会社

フォーマットデザイン　アリヤマデザインストア　　マークデザイン　居山浩二

ISBN978-4-08-744245-8 C0193